WESTERWALD KRIMI
1

AF281657

Alle Handlungen und Personen sind frei erfunden.
Ähnlichkeiten mit lebenden oder toten Personen
sind rein zufällig.

Heinz A. Hering

**Laß nicht die roten Hähne
flattern,
bevor der Habicht schreit.**

Herstellung: Libri Books on Demand

ISBN 3-8311-0177-9

Selbstverlag
Alle Rechte vorbehalten
Umschlaggestaltung: Atelier Sören Stör
Layout: Laslo Lachs
printed in germany 2000

14,80

1.Kapitel

Bis auf den Erdboden war die Grillhütte niederge-
brannt. Sie gehörte zur Freizeitanlage einer kleinen
Stadt im hohen Westerwald. Die Freizeitanlage war
irgendwann in den 70ern als Arbeitsbeschaffungs-
maßnahme in ein kleines Buchenwäldchen auf dem
Steinsberg, in unmittelbarer Nähe der Stadt, gebaut
worden. Zuerst war die Grillhütte von der Bevölkerung nicht richtig angenommen worden. Sie war als
Blockhütte gebaut, und ihr einziger Raum war ein
feuchtes, schwarzes Loch, ohne Strom und Licht, in
dem es kaum möglich war, ein Fest zu feiern.
Sie wurde anfangs nur von Jugendlichen genutzt,
die mit ihren beschränkten finanziellen Mitteln, wenn
man einmal von den Kneipen absah, kaum Freizeit-
möglichkeiten hatten. So kam es, daß bei schlechtem Wetter die Feste der Jugendlichen in besagter
Hütte stattfanden, die eben für Veranstaltungen dieser Art denkbar ungeeignet war. Sie lag im Osten
des alten Buchenwäldchens, durch dessen dichtes
Laubdach schon bei sonnigem Wetter kein Sonnen-
strahl dringen konnte. Bei schlechtem Wetter war es
nur feucht, modrig und ungemütlich. Die Nässe hielt
sich dann noch tagelang, selbst wenn die Sonne
schien, was sowieso nicht allzu häufig vorkam. Später wurde sie dann renoviert und vor allem elektrifiziert und gewann so für die Bevölkerung an Attrakti-
vität.

Jetzt, in einer schon recht kühlen Nacht im September, war sie abgebrannt. Vereinzelt loderten noch Flammen, und Funken stoben in den Nachthimmel. Dann war der Brand gelöscht. Hans Hecht stand etwas verdeckt in einem Gehölz und in einiger Entfernung vom Brandherd. Er hatte den Löscharbeiten der Feuerwehr zugeschaut. Aus verschiedenen Gründen wollte er von niemandem gesehen werden. Als die Feuerwehr ihr Gerät verstaute, ging er nachdenklich in Richtung Stadt zurück.

Er war hier geboren, wohnte aber schon seit 20 Jahren in Dortmund und war dieses Wochenende zu Besuch bei seinen Eltern. Den Abend hatte er mit Freunden und Bekannten in der Kneipe verbracht. Es war ein schöner Abend gewesen. Sie hatten über alte Zeiten geredet und dabei viel Bier getrunken. Die Zeit war dabei wie im Flug vergangen. Gegen 3 Uhr waren sie aufgebrochen und hatten sich, laut schwadronierend, gelegentlich stehenbleibend, auf den Heimweg gemacht. Vor dem Hotel Westerwald hatten sie sich mit viel Getöse und dem Versprechen, einen solchen Abend bald wieder durchzuführen, verabschiedet. Hans Hecht mußte noch ca. 2 km bis zum Hause seiner Eltern gehen, die am anderen Ende der Stadt wohnten. Als er den halben Weg zurückgelegt hatte, war die Feuerwehrsirene auf dem Rathausdach losgegangen. Da das Feuerwehrhaus ganz in der Nähe lag, war Hans hingegangen und hatte dort erfahren, daß die Grillhütte in Flammen stand.

Nicht weit von Hecht hatte eine reglose Gestalt hinter einer alten Buche gestanden und ebenfalls das Geschehen beobachtet. Als die Feuerwehr abgerückt war, näherte sie sich lautlos den rauchenden Trümmern und sah sich um. Danach entfernte sie sich genauso leise, wie sie gekommen war. Als sie den Waldrand erreicht hatte, schrie ein Habicht.

Skinheads waren am Abend vorher in der Grillhütte gesehen worden und man nahm an, daß der Brand auf ihr Konto ging. Die Stadt wurde seit einigen Monaten von einem Trupp Skinheads heimgesucht, die aus der benachbarten Stadt kamen, um hier ihr Unwesen zu treiben und neue Mitglieder zu rekrutieren. Ihr Unwesen trieben sie, aber neue Gefolgsleute gewannen sie nicht, sie wurden von den meisten Jugendlichen als das angesehen, was sie waren, nämlich Dumpfbeutel.

Hans Hecht war am Abend nach Dortmund zurückgefahren. Am Montagabend hatte er seine Eltern angerufen, um Neuigkeiten wegen der Grillhütte in Erfahrung zu bringen. Er erfuhr, daß Bürgermeister Kolb eintausend Mark für Hinweise auf die Täter ausgesetzt hatte. Außerdem sollte die Grillhütte so schnell wie möglich wieder aufgebaut werden.

Zwei Wochen später überschlugen sich die Ereignisse. Nachdem die verkohlten Trümmer der Grillhütte beseitigt worden waren, war eine ortsansässige Tiefbaufirma beauftragt worden, Gräben für die neuen Fundamente auszuheben. Nach kurzer Zeit waren die Arbeiter auf eine männliche Leiche gestoßen oder vielmehr auf das, was davon übrig geblieben war. Das waren, sah man einmal von dem Skelett ab, nur ein paar Kleidungsreste.

Der Tote war in den kommenden Wochen das dominierende Gesprächsthema in der Stadt. Die Brandstifter waren sehr schnell ermittelt worden, da die ganze Angelegenheit durch die Leiche eine große Aufwertung erfahren hatte. Was allerdings die Identität des Toten anging, so tappte die Polizei vollständig im Dunkeln. Eine Sonderkommission aus Koblenz hatte - unter der Leitung von Hauptkommissar Dreck - die Ermittlungen aufgenommen, in deren Verlauf die Brandstifter festgestellt worden waren. Es stellte sich heraus, daß die Skinheads zwar den Brand gelegt hatten, aber mit der Leiche nichts zu tun haben konnten. Fest stand, daß der Tote männlich und zum Zeitpunkt des Todes ca. 40 Jahre alt gewesen war. Sie hatte ca. 8 -10 Jahre, in ca. 40cm Tiefe eingescharrt, neben der Grillhütte gelegen. Der Hinterkopf war zertrümmert. Der Mann wäre, würde er heute noch leben, um die fünfzig Jahre alt.

In den einschlägigen Kneipen der Stadt war man der Ansicht, daß es sich bei dem Toten um einen Fremden, oder wie die Einheimischen sagten, um einen Auswärtigen oder Zugezogenen handeln mußte. Dafür sprach, daß für den angegebenen Zeitpunkt keine Vermißtenmeldung vorlag. Ein ortsansässiger Schutzpolizist hatte diese Information - hinter vorgehaltener Hand und unter dem Siegel der Verschwiegenheit - zum Besten gegeben.

Hauptkommissar Dreck, ein hagerer asketischer Mann von 55 Jahren, war ratlos. Irgendwie wußte er nicht, wo er anfangen sollte. Er war dann dem Ratschlag seines Assistenten Rübsam gefolgt, der ihm geraten hatte: „Geht dir der Rat aus, dann gehe ins Rathaus."

Das Rathaus war ein imposantes Gebäude. Früher war dort das Amtsgericht untergebracht gewesen. Anfang der siebziger Jahre, als die Stadthalle fertiggestellt war und das Dorf den Sprung zur Stadt geschafft hatte, war das Gebäude grundlegend modernisiert und zu einem repräsentativen Rathaus umgebaut worden. Bedauerlicherweise hatten nicht alle Repräsentanten der Stadt den Sprung vom Dorf zur Stadt im Kopf mitvollzogen, so daß es in den folgenden Jahren, in städtebaulicher Hinsicht, zu einigen Merkwürdigkeiten gekommen war, die bei einer rechtzeitigen Hinzuziehung von kompetenten Fachleuten hätten vermieden werden können.

Hauptkommissar Dreck betrat das Rathaus und ging zum Einwohnermeldeamt. Dort überprüfte er mit Hilfe der Angestellten alle An– und Abmeldungen der Jahre 1989 – 1991. Hier war ihm der kurz vor der Pensionierung stehende Stadtangestellte Fleuth eine unschätzbare Hilfe. Er war sozusagen die graue Eminenz der Verwaltung. Er wußte alles und kannte fast jeden, zumindest von den Einheimischen, außerdem hatte er ein überragendes Gedächtnis.

Er war mit der Stadt zusammen alt geworden und konnte zu allen Ereignissen und Personen eine kleine Geschichte erzählen. Fleuth sah eigentlich immer gleich aus. Selbst ihm nahestehende Menschen, die ihn seit Jahrzehnten kannten, hatten ihn nie anders als im grauen Anzug und weißen Hemd gesehen. An ihm war fast alles grau.

Seit seine Frau ihn vor Jahren verlassen hatte, lebte er alleine in einer kleinen Eigentumswohnung. Kinder hatte er keine. Er ging selten aus und verbrachte, zumindest im Sommer, seine Freizeit fast ausschließlich in einem Schrebergarten am Ortsrand. Dieser Schrebergarten war sein Refugium. Neben einem kleinen Gartenhaus, in dem man auch mal eine Nacht verbringen konnte, hatte er auch ein Gewächshaus errichtet. Fleuth hatte ein seltenes Hobby, er interessierte sich ausschließlich für ausgestorbene oder vom Aussterben bedrohte Gemüsepflanzen. „Omas Gemüsepflanzen" nannte er sie.

Er scheute keine Mühen, um in den Besitz von Samen solcher schon fast exotischer Pflanzen zu kommen. In seiner Wohnung stand seit einiger Zeit ein Computer mit Internetzugang, den er auf der Suche nach seinen „exotischen Pflanzen" einsetzen wollte. Vorläufig fehlte ihm aber noch das Know How, das nötig war, um zielsicher im Internet zu surfen. Ein sehr guter Freund, der schon längere Zeit im Internet zugange war, hatte ihm, bei passender Gelegenheit, eine Einweisung versprochen.

Hauptkommissar Dreck hatte, nachdem er die Überprüfung im Einwohnermeldeamt ohne Ergebnis abgeschlossen hatte, ein großes Problem. Er tappte so vollständig im Dunkeln, daß er nicht einmal die Fähigkeiten von Fleuth nutzen konnte. Er wußte einfach nicht, was er ihn fragen sollte.
Sein Assistent Rübsam war ein junger Mann Mitte zwanzig. Er hatte schütteres, dünnes blondes Haar, und trotz seiner noch jungen Jahre war seine Halbglatze schon recht ausgeprägt. Er war mittelgroß und noch schlank, wobei die ersten Ansätze zu einer volleren Figur nicht zu übersehen waren. Rübsam war nach dem Abitur in den Polizeidienst gegangen, zum einen weil er nicht wußte, was er studieren sollte, zum anderen weil er sich einen abwechslungsreichen, abenteuerlichen Job versprochen hatte. Das mit dem abwechslungsreichen, abenteuerlichen Job hatte er sich schnell von der Backe geputzt. Er hatte sehr bald bemerkt, daß er von Beamten und Dienstvorschriften umgeben war, die jeden Hauch von Abenteuer schon im Keim erstickten. So kam es, daß er trotz seiner kurzen Dienstzeit von seiner Arbeit, die zum großen Teil aus verwaltungsbürokratischen Verrichtungen bestand, recht angeödet war. Besonders frustrierend fand er die im Polizeiapparat vorhandene Oldtimertechnik und auch die bei großen Teilen seiner Kollegen vorhandene Technikfeindlichkeit. Er hatte immer das Gefühl, als sei ihnen die

Gegenseite mindestens drei technische Entwicklungsstufen voraus, er sah auch nicht, daß der Abstand kleiner wurde, sondern eher das Gegenteil. Besonders regten ihn politische Entscheidungen auf, die von der Bevölkerung kaum wahrgenommen wurden, im Polizeialltag aber immer wieder zu Frustrationen führten. Als leidenschaftlicher Europäer hatte Rübsam den Wegfall der europäischen Grenzen begrüßt. In der Praxis hatte er dann festgestellt, daß die Grenzen für den Normalbürger und die Unterwelt offen waren, nur für sie, für die Polizei, galten die Grenzen nach wie vor. Die Unterwelt, so dachte Rübsam manchmal, mußte vor Lachen nicht mehr in den Schlaf kommen. Es bestand kein Zweifel, Rübsam war von seinem Beruf, trotz seiner jungen Jahre, schon recht frustriert. Mit seinem direkten Vorgesetzten, Hauptkommissar Dreck, hatte er allerdings Glück gehabt, ein besserer Vorgesetzter war in seiner Dienststelle nicht zu haben.

Dreck war ein erfahrener Kriminalbeamter, der in Ausübung seiner Arbeit auch schon einmal unkonventionelle Wege ging, was seiner Karriere nicht unbedingt förderlich gewesen war. So kam es, daß Dreck, trotz seiner 55 Jahre, nur den Dienstgrad eines Hauptkommissars erreicht hatte, was ihn aber nicht im geringsten störte, da er unverheiratet war und somit keinerlei Verpflichtungen hatte. „Lieber ein zufriedener Hauptkommissar als ein unzufriedener Polizeirat", hatte er einmal zu seinem Assistenten gesagt. Rübsam hatte das beeindruckt.

Rübsam hatte mit seinem Laptop erfolglos versucht, im Internet irgend etwas über die Stadt zu erfahren. Die offizielle Homepage der Stadt und Verbandsgemeinde gab, außer der aktuellen Einwohnerzahl und dem geschichtlichen Abriß, nicht viel her. Auf der

Homepage der Stadt konnte man erfahren, wie der Feuerwehrhauptmann hieß und wer der Vorsitzende in welchem Verein war.

Wer, wie Rübsam, ein begeisterter Internetsurfer war, kannte diese Art von Homepages. Sie gab es zu Tausenden im Internet. Nichtssagende Seiten, die an Langweile nicht mehr zu überbieten waren. Welchen Süd -, Norddeutschen oder Holländer, der einen Urlaub im Westerwald plante, interessierte es, wie der Feuerwehrhauptmann von Kleinwaltersdorf hieß? Der Teil, der für Touristen interessant war, der die Attraktionen zeigen sollte, war schlicht und ergreifend leer. Da, wo man auf schöne Bilder wartete, schauten einem leere Rahmen entgegen. Man wartete vergeblich auf Bilder von der Holzbachschlucht, Fuchskaute etc. Vielleicht wartete man darauf, daß Touristen die Bilder machten, dachte Rübsam. Man merkte, daß die Verantwortlichen der Stadt nicht viel Ahnung vom Internet hatten, sonst hätten sie gewußt, wie ärgerlich es für Surfer ist, wenn man mit Zeit- und Geldaufwand auf eine Seite gelockt wird, die dann leer ist.

Wenn die Humor hätten, dann hätten sie "Ätsch verarscht" draufgeschrieben, dachte Rübsam. Es war schon seltsam, im Zuge des Zeitgeistes mußte man natürlich als Stadt im Internet präsent sein, über das „wie" machte sich dann keiner mehr Gedanken. Manche Homepages waren so schlecht, daß man sie getrost als Negativwerbung bezeichnen konnte.

Nachdem die Erkundung der Stadt über Internet erfolglos verlaufen war, hatte sich Rübsam in einigen Kneipen herumgetrieben. Er hatte gehofft, etwas über den Toten zu erfahren, war aber schon an der merkwürdigen Sprache der Einheimischen gescheitert. Er litt am nächsten Morgen an den Auswirkungen des letzten Abends. Verspätet traf er im

Rathaus ein und entschuldigte sich bei seinem Vorgesetzen

„Mann, hast du eine Fahne", sagte Hauptkommissar Dreck, „du stinkst ja wie tausend Ottern."

Den Vergleich mit den Ottern fand Hauptkommissar Dreck gut, er hatte ihn irgendwann einmal bei Charles Bukowski gelesen und wendete ihn seit dieser Zeit bei jeder passenden und unpassenden Gelegenheit an.

„Ich brauche dringend ein Aspirin", sagte Rübsam und schaute den Hauptkommissar fragend an.

„Tut mir leid", sagte Dreck und wies auf die Apotheke gegenüber ihrem Hotel hin.

Nach zehn Minuten tauchte Rübsam wieder auf. Er berichtete dem Hauptkommissar vom gestrigen Abend, seinem Zug durch die Kneipen der Stadt und den spärlichen Ermittlungsergebnissen.

„Außer Spesen nichts gewesen, da hast du dich halt auf Staatskosten besoffen."

„Ich habe mir auf Staatskosten einen Brummschädel geholt", sagte Rübsam und setzte den leidendsten Gesichtsausdruck auf, zu dem er fähig war. „Eigentlich müßte ich heute frei haben, so wie ich mich gestern geopfert habe, das war schon mehr als Dienstpflicht."

„Entscheidend ist, was hinten raus kommt", sagte Dreck, in Anlehnung an ein großes Kanzlerwort,„und das war bei dir ja nicht gerade viel. Im Übrigen beherzigst du recht gut das Arbeitsmotto des deutschen Beamten: „Lerne klagen ohne zu leiden". Laß uns in den Gasthof Ludwig gehen, der liegt direkt gegenüber, da gehört eine Metzgerei dazu und die haben heute Schlachttag."„Essen", stöhnte Rübsam, „das ist das Letzte, wonach mir jetzt ist."

„Reiß dich zusammen, das ist dienstlich, wir machen jetzt eine Lagebesprechung."

Hauptkommissar Dreck griff, ohne auf das Gegrummel seines Assistenten zu hören, nach seinem Mantel und ging in Richtung Ausgang. Rübsam stolporte hinter ihm her. Der Gasthof war nur mäßig besetzt, aber es war auch erst 11 Uhr. Um die Mittagszeit war mit Andrang zu rechnen, da der Gasthof einen ausgezeichneten Ruf besaß und, wie schon gesagt, noch eine eigene Schlachtung hatte.

Hauptkommissar Dreck war ein Freund der sogenannten „gut bürgerlichen Küche", die es nach seiner Meinung kaum noch gab. In einer Zeit, in der man beim Griechen, Chinesen, Italiener oder Türken besser essen konnte als in deutschen Gastwirtschaften, deren Speisekarte auf die übliche Schnitzelhitparade reduziert war, mußte man, so Dreck, jede Gelegenheit nutzen, um in den Genuß der eigentlichen "deutschen Küche" zu kommen.

Dreck war der Meinung, daß der als „Weißwurstäquator" oft zitierte Main weniger eine politische als eine kulinarische Grenze war.

Essen in Deutschland, so Dreck, konnte man in der Regel erst südlich des Mains, von einigen Ausnahmen, wie z.B. hier, einmal abgesehen. Wobei er immer wieder betonte, daß er mit der dort herrschenden Politik nichts am Kopf hätte. So betrachtete er es als einen außerordentlichen Glücksfall und als eine gewisse Entschädigung, daß es hier im hohen Westerwald, wo aus Sicht eines Koblenzers der Hund begraben war, ein solches Lokal gab.

Der Gasthof füllte sich langsam. Für die Leute aus dem umliegenden Land bot die Stadt alle Möglichkeiten, Einkäufe zu tätigen. Früher gab es in jedem der kleinen Westerwälder Orte wenigstens ein Einzelhandelsgeschäft für die Güter des täglichen Bedarfs. Im Laufe der Zeit mußten sie der übermächtigen Konkurrenz der Supermärkte weichen, die sich in der Stadt und ihrer Peripherie angesiedelt hatten. Dies hatte Konsequenzen, besonders für die nicht mobilen Menschen. Nicht mobil waren vor allem ältere Menschen, Arbeitslose und sozial Schwache, die aus den unterschiedlichsten Gründen kein Auto hatten. Für sie konnte die Versorgung mit Gütern des täglichen Bedarfs zur Tortur werden. So mußte, wer kein Auto hatte, mit dem Bus fahren und das war, vom Zeitaufwand her gesehen, fast eine Weltreise.

So war die gesellschaftliche Entwicklung auch an den kleinen Städten und Dörfern des Westerwaldes nicht spurlos vorübergegangen. In der Stadt hatten sich vier Supermärkte niedergelassen, sie gehörten zu zwei großen Supermarktketten und konkurrierten nur scheinbar miteinander. Die ganze Woche über kamen Menschen aus den umliegenden Orten zum Einkaufen in die Stadt und viele gingen in den Gasthof essen.

Hauptkommissar Dreck und sein Assistent Rübsam hatten in der Gaststube des Gasthofes Ludwig Platz genommen, und da es zum Essen noch ein wenig früh war, hatten sie sich einen Kaffee bestellt. Rübsam bestellte dazu ein Mineralwasser, welches er mit gierigen Zügen austrank.

„Mist", sagte Dreck, „ich habe keine Ahnung, wie es jetzt weitergeht. Hast du eine Idee?"

„Nein, aber lassen Sie uns doch einmal zusammenfassen, was wir wissen."

„Also, durch einen Zufall, nämlich durch einen Brand, wird eine männliche Leiche gefunden, der man wahrscheinlich den Schädel eingeschlagen hat. Der Tote war zum Zeitpunkt des Todes ungefähr vierzig Jahre alt. Er hat 8 – 10 Jahre im Erdreich gelegen. Todesursache ist im Augenblick noch unbekannt, aber alles deutet auf ein Gewaltverbrechen hin, siehe eingeschlagenen Schädel und nicht zuletzt den Fakt, daß die Leiche im Wald, in einer Freizeitanlage direkt neben einer Grillhütte, verscharrt worden ist. Im Ort selbst wurde und wird niemand vermißt. Niemand hat etwas gesehen, niemand weiß etwas."

„Stop", sagte Rübsam, „ob niemand was gesehen hat, oder ob niemand was weiß, steht nicht fest. Richtig ist, daß niemand was sagt."

„Du hast recht, wir müssen davon ausgehen, daß einer oder mehrere etwas wissen und damit nicht rüberkommen. Auffällig ist noch, daß der Tote nichts bei sich hatte, die Klamotten sind nahezu verrottet. Ich glaube nicht, daß unser Labor da noch was rausholt. Selbst Schlüssel, Uhr oder Ausweise: Fehlanzeige, dabei gab es vor zehn Jahren schon den neuen, in Plastik eingeschweißten Personalausweis."

„Der oder die Täter scheinen es darauf angelegt zu haben, die Identität des Toten unter allen Umständen zu verschleiern. Normalerweise verläßt man sich darauf, daß die Leiche nicht gefunden wird, man versteckt sie gut. Diese Leiche lag jedoch in einer Freizeitanlage direkt neben einer Grillhütte, wo man schon einmal damit rechnen muß, daß ein Hund einen Knochen vergräbt", sagte Rübsam, „es scheint fast so, als habe der Täter es darauf angelegt, daß die Leiche gefunden wird. Andererseits nimmt man alle Gegenstände weg, die einen Hinweis auf die Identität des Toten geben."

Überrascht schaute Dreck seinen Assistenten an.

„Donnerwetter, so hab ich das noch gar nicht gesehen. Wir sollten dem Tatort mehr Aufmerksamkeit schenken."

„Falsch", sagte Rübsam, „Fundort, nicht Tatort. Es handelt sich bis jetzt nur um den Fundort, ob es auch der Tatort ist, muß sich noch herausstellen."

Wieder schaute Dreck seinen Assistenten an.

„Du solltest öfter einen trinken gehen."

Als die Bedienung kam, gab Dreck eine sehr detaillierte Bestellung auf.

Rübsam drehte sich fast der Magen um.

2. Kapitel

Bürgermeister Kolb hatte die Vertreter der Ratsfraktionen zu sich gebeten. Die Herren hatten sich an dem langen Konferenztisch niedergelassen, der das Amtszimmer des Bürgermeisters fast vollständig ausfüllte.

Die Sekretärin, Frau Schmidt, brachte zwei Thermoskannen Kaffee und hatte gerade den Raum verlassen, als der Fraktionsvorsitzende der konservativen Partei, Herr Liter, losprustete: „Kennt ihr den? Woher kommt die Bezeichung Sekretärin?"

Liter schaute erwartungsvoll in die Runde. Groß, Fraktionschef der Sozialdemokraten, zuckte die Schultern.

„Nu laß es schon raus", sagte er, „du kannst doch eh nicht anders."

Liter prustete wieder los: „Von Sekret, Sekretärin kommt von Sekret", sagte er und schüttelte sich vor Lachen.

Während Melchior, der Vertreter der Grünen, die Augen verdrehte und in Richtung Decke schaute, pumpte sich Pitton, der Vertreter der Liberalen, auf und wies darauf hin, daß solche Witzchen dem Ernst der Lage nicht angemessen seien.

Für Späße dieser Art war Liter bekannt und gefürchtet. Schon oft, besonders bei offiziellen Anlässen, war den Anwesenden das Lachen im Gesicht gefroren, wenn Liter seine Witzchen zum Besten gab. Sie waren auf eine eigenartige Weise primitiv und widersprachen fast immer seiner gesellschaftlichen Stellung. Böse Zungen behaupteten, daß die Witze eher seinem Niveau entsprachen als seine gesellschaftliche Stellung. Er war Berufssoldat im Range eines Majors und seit fast zwanzig Jahren Ratsmitglied.

Bürgermeister Kolb bat um Ruhe und sagte: „ Meine Herren, die Stadt steht zur Zeit im Mittelpunkt des öffentlichen Interesses. Der Wind weht uns mit aller Macht ins Gesicht. Die Arbeit der letzten Jahre steht auf dem Spiel."

„Verstehe ich nicht", unterbrach ihn der Vertreter der Grünen Melchior, „inwiefern weht uns der Wind ins Gesicht, und warum ist die Arbeit der letzten Jahre gefährdet?"

„Junger Freund", fiel ihm Major Liter ins Wort, „es ist uns bekannt, daß Sie sowieso alles immer anders sehen, aber nehmen Sie zur Kenntnis, daß wir vom Rat, und zwar schon lange vor Ihrer Zeit, versucht haben, die Stadt für Touristen und Unternehmen attraktiv zu machen. Dazu gehört auch das Freizeitangebot. Aus diesem Grund haben wir viel Geld für die Ausgestaltung der Freizeitanlage ausgegeben, und nun ist dort eine Leiche gefunden worden. Wer möchte da noch seine Freizeit verbringen, vor allem mit seinen Kindern?"

„So drastisch würde ich das nicht sehen", sagte Groß, „einerseits ist es zwar keine besonders gute Werbung, aber immerhin: es ist Werbung."

Groß war ein Mensch des „einerseits – andererseits." Er war immer ein bißchen dafür und ein bißchen dagegen.

„Ich halte die Skinheads für viel Imageschädigender", wandte Melchior von den Grünen ein, „Morde geschehen schließlich ständig, und nun ist unsere Stadt auch mal dran gewesen. Übrigens steht überhaupt nicht fest, ob es sich um einen Mord handelt, und wenn ja, ob er hier geschehen ist."

„Es war Mord", wandte der Bürgermeister ein, „Hauptkommissar Dreck war eben hier und hat mich über die Obduktionsergebnisse informiert. Der Tote ist erschlagen worden. Wir haben es ja schon durch den zertrümmerten Hinterkopf vermutet, die Obduktion hat es jetzt bestätigt."

„Meine Herren, welche Konsequenzen hat das für uns und die Stadt?" fragte Groß.

„Schlechte Presse, nur negative Schlagzeilen", sagte Liter, „ich sehe schwarz, die Geschichte wird potentielle Investoren abschrecken."

„Sie sind schwarz", warf Melchior ein, „ich wiederhole noch einmal, das Problem sind die Rechtsradikalen und nicht ein Mord, der irgendwann vor zehn Jahren passiert ist."

„Hören Sie doch endlich mit Ihren Rechtsradikalen auf, das sind ganz normale Jugendliche, die etwas über die Stränge schlagen, wir waren schließlich auch einmal jung", sagte Groß. Melchior konnte sich beim besten Willen nicht vorstellen, daß Groß einmal jung gewesen war.

„Übrigens", fuhr Groß, an Melchior gewandt, fort, „waren Sie ja früher auch nicht ohne, wenn ich an die Aktionen denke, die ihr hier früher veranstaltet habt. Denken Sie nur einmal an die Geschichte mit dem Denkmalabriß, da habt ihr die ganze Stadt mit euren Hetzplakaten verschandelt."

„Sie wollen doch wohl unsere politischen Aktionen von damals nicht mit dem Krawall der Neonazis vergleichen, die hier seit Monaten ihr Unwesen treiben", sagte Melchior, „dagegen verwahre ich mich entschieden."

„Meine Herren, so kommen wir doch nicht weiter. Unser gemeinsames Anliegen sollte doch sein, wie können wir als Stadt unbeschadet aus dieser mißlichen Situation kommen", sagte Bürgermeister Kolb.

„Davon rede ich ja die ganze Zeit", sagte Melchior.

„An dem Mord können wir eh' nichts mehr ändern, wohl aber an dem Treiben des rechten Gesocks, das auf Dauer viel schlimmer für unser Image ist als der Mord."

„Junger Freund, dagegen verwahre ich mich entschieden", rief Major Liter erbost, „ihr Linken seid doch viel schlimmer! Die Handvoll Jugendlicher, die da gelegentlich über die Stränge schlägt, na und? Wir waren in unserer Jugend auch nicht besser."

„Wie viele Grillhütten haben Sie denn in Ihrer Jugend abgefackelt?" fragte Melchior anzüglich.

„Nur nicht frech werden, junger Mann!" rief Liter erbost.

„Er hat aber recht", warf Groß in die Runde, „immerhin beträgt der Sachschaden 25.000 DM und die Kerle kommen vor Gericht. Andererseits: wir waren früher auch nicht schlecht, wenn ich da an bestimmte Sachen denke."

Groß schmunzelte.

„Meine Herren, so kommen wir nicht weiter. Wer hat Vorschläge, wie wir den Schaden möglichst begrenzen können?" fragte Bürgermeister Kolb.

Hauptkommissar Dreck saß im Gastraum des Hotels Westerwald. Er und Rübsam hatten sich für die Dauer der Ermittlungen hier einquartiert, da die tägliche Anreise einfach zu zeitraubend war. Rübsam hatte das erst gar nicht gepaßt, er hatte gerade die Bekanntschaft einer jungen Dame gemacht, die er gerne intensiviert hätte, er mußte sich aber fügen.

Außer Hauptkommissar Dreck war nur noch der Hotelbesitzer und Wirt Hans Kühn im Schankraum anwesend. Er war Anfang vierzig und, wie es sich für einen Wirt gehört, recht beleibt. Er war in der Stadt geboren, also ein Einheimischer. Kühn schien selbst zu kochen, denn er trug eine Kochschürze und ein weißes Käppi. Seine Frau Hilde und zwei Mädchen waren für die Bedienung der Gäste zuständig.

Seit sich die beiden Polizisten in dem Hotel einquartiert hatten, hielt sich der Wirt, so oft es ging, in der Gaststube auf. Er wollte Informationen aus erster Hand.

Die beiden Kriminalen hatten sehr schnell gemerkt, daß ihr Hotelier brennend an Neuigkeiten interessiert war. Sie hatten daher beschlossen, ihn mit wohl dosierten Informationen zu versorgen und ihrerseits, die sehr umfassenden Insiderkentnisse des Hoteliers und Wirtes zu nutzen. Sie wußten beide, daß Gastwirte immer bestens informiert waren. Rübsam hatte diesbezüglich schon einige persönlichen Erfahrungen gemacht. So hatte er den Tipp für seine neue Wohnung von einem Kneipenwirt erhalten.

Schon manch ein Gast hatte nach einigen Schnäpsen und Bieren Geschichten am Tresen zum Besten gegeben, die er in nüchternem Zustand wahrscheinlich nicht erzählt hätte. So entwickelte sich im Laufe der Zeit zwischen dem Hotelier und den beiden Kriminalen eine recht sinnvolle Symbiose.

Im Hotel gab es die exklusivste Küche der Stadt, die von den Einheimischen meist zu besonderen Anlässen, wie Familienfeiern, genutzt wurde. Das Hotel lebte in der Hauptsache vom Fremdenverkehr und nur zum kleinen Teil von den Einheimischen.

Rübsam hatte sich von Kühn eine Liste aller Gasthöfe und Hotels der Stadt anfertigen lassen. Die Liste lag vor ihm auf dem Tisch. Sie war, neben dem soeben eingetroffenen Obduktionsbericht, im Augenblick ihr einziger Anhaltspunkt.

Die Lage stellte sich nach der Obduktion wie folgt dar: Ein unbekannter Mann war vor ca. 10 Jahren erschlagen worden. Er war zum Zeitpunkt des Todes ungefähr 40 Jahre alt, 1,85 m groß und hatte dunkelblonde Haare. Todesursache war ein Schlag auf den Hinterkopf gewesen, der mit großer Wucht geführt worden sein mußte. In der labortechnischen Untersuchung waren Spuren von Calciumsulfat an den zertrümmerten Schädelknochen festgestellt worden.

Dreck hatte einen Tobsuchtsanfall bekommen, als er den Obduktionsbericht gelesen hatte. Calciumsulfat, was war das? Glaubten die denn, die Welt würde nur aus Chemikern bestehen?

Rübsam hatte den Hauptkommissar toben lassen, war in den Speiseraum des Hotels gegangen und hatte mit dem Labor telefoniert. Calciumsulfat war schlicht und ergreifend Gips. Auf die Frage, wie Gips an die zertrümmerten Schädelknochen gekommen sein könnte, hatte er die interessante „nicht offizielle Meinung" gehört, daß der Schlag möglicherweise mit einer massigen Gipsfigur geführt worden sei. Dagegen sprach, daß in der Nähe von Grillhütten nicht unbedingt Gipsfiguren standen. Der Labortechniker hatte dann darauf hingewiesen, daß es auch ein gipsverschmutzter Knüppel gewesen sein könnte, ein Knüppel, mit dem man evtl. Gips angerührt hatte. Um den Todeszeitpunkt war niemand aus der Stadt vermißt worden, die Recherchen auf dem Einwohnermeldeamt über An- und Abmeldungen hatten nichts Brauchbares ergeben. Es konnte sich also nur um einen Fremden auf der Durchreise handeln, der hier zufällig ermordet worden war, was aber nicht sehr wahrscheinlich war. Oder aber der Fremde hatte hier Geschäfte zu besorgen gehabt, dann war die Wahrscheinlichkeit groß, daß er hier übernachtet hatte, und der Tod in einem Zusammenhang mit eben diesen Geschäften stand.

Rübsam betrat das Gastzimmer. Dreck schaute ihn fragend an.

„Fehlanzeige", sagte Rübsam, „der Zahnarzt ist erst seit 5 Jahren hier."

„Das hatte ich erwartet."

„Warum haben Sie mich denn hingeschickt?" fragte Rübsam empört.

„Weil genau dieser Sachverhalt festgestellt werden mußte, mein lieber Rübsam. 90 Prozent unserer Ermittlungen führen letztendlich zu nichts, und diese Arbeit müssen junge Assistenten tun, Assistenten wie du, Rübsam."

Hauptkommissar Dreck lachte dreckig.

„Ich habe Arbeit für dich, hier ist eine Liste mit allen Etablissements, in denen der Fremde abgestiegen sein könnte."

„Das sind ja weit über 10 Lokale."

„Je früher du anfängst, um so früher bist du fertig."

Rübsam stand auf, ging ans andere Ende des Lokals und rief den Hotelier zu sich. Kühn setzte sich zu ihm an den Tisch und dann tuschelten die beiden fast zehn Minuten lang, wobei sich Rübsam Notizen machte. Dreck beobachtete die beiden mißtrauisch. Rübsam stand auf und wollte das Lokal verlassen, als Dreck ihn zu sich rief.

„Was hattest du mit dem Wirt zu tuscheln?"

„Ich führe meinen Auftrag aus", sagte Rübsam bockig, „des weiteren habe ich Erkundigungen über die Art der Lokale eingezogen, drei sind reine Jugendtreffs und in weiteren sieben kann man nicht übernachten. Diese Lokale kann ich mir schon mal sparen."

Rübsam sah Dreck stolz an.

„Rübsam, Rübsam, wozu hast du nur deinen Kopf, auf den du sonst so stolz bist. Was heute ein Jugendtreff ist, kann vor zehn Jahren was ganz anderes gewesen sein. Wo man heute nicht mehr übernachten kann, konnte man unter Umständen vor zehn Jahren übernachten. Du mußt die Situation vor zehn Jahren erfragen, Rübsam."

Rübsam schaute ihn betroffen an, dann ging er zum Tresen und stellte dem Wirt einige Fragen, wobei er wieder eifrig mitschrieb. Dann verließ er das Lokal und ging die Hauptstraße hinauf. Sein erstes Ziel war das Gasthaus Kasper, von dem er sich einiges versprach. Auf der Hauptstraße war um diese Zeit nicht viel los. Er trat in die Gaststube ein, sie war leer. Von der Straße hörte man das Geräusch vorbeifahrender Autos. Aus dem Nebenraum hörte man das Klappern von Geschirr.

„Wirtschaft", rief Rübsam.

Das Geklapper im Nebenraum hörte auf und ein großer, breitschultriger Mann betrat den Gastraum. In seinem Jeansanzug wirkte er auf eine seltsame Weise deplaziert, man hätte ihn eher in einem Westernsaloon erwartet. Rübsam war sich sicher, daß dieser Wirt kein Einheimischer war.

„Was darf ich Ihnen bringen?" fragte er.

„Bier, ein Bier hätte ich gerne."

Der Wirt ging zum Zapfhahn und ließ langsam das Glas vollaufen.

Rübsam schaute ihm dabei zu.

„Sie sind von der Polizei, haben Sie schon etwas herausgefunden?"

„Wir haben mit den Ermittlungen gerade erst begonnen. Im Zuge dieser Ermittlungen muß ich auch Ihnen ein paar Fragen stellen. Es geht um die Zeit vor 10 Jahren."

„Sie brauchen gar nicht weiter zu fragen", sagte der Wirt, „vor 10 Jahren wußte ich noch nicht einmal, daß es diese Stadt gibt. Ich habe diese Kneipe erst seit vier Jahren."

„Was ist mit dem Vorbesitzer?"

„Keine Ahnung, aber ich kann Ihnen seine Adresse geben, immer vorausgesetzt, er wohnt noch da."

Der Gastwirt ging ins Nachbarzimmer und kam mit einem Zettel wieder zurück. Auf dem Zettel waren die Adresse und die Telefonnummer des letzten Pächters vermerkt. Rübsam zog sein Handy und wählte die Nummer. Fehlanzeige, kein Anschluß unter dieser Nummer. Er zahlte, trank sein Bier aus und ging frustriert davon.

Rübsam hatte beschlossen, noch einmal den Fundort der Leiche aufzusuchen. Er ging in Richtung Kirche und verließ dann die Stadt auf einem Wirtschaftsweg. Rechter Hand auf einem Hügel sah er das Wäldchen mit der Freizeitanlage liegen.

Nach dem gestrigen Kneipenaufenthalt tat ihm die frische Luft gut. Seine Stimmung hob sich etwas. Er ging an Tennisplätzen vorbei und bog dann nach rechts in einen Feldweg ein. Auf einer Koppel versuchte ein Mann, mit einem riesigen Trecker einen stattlichen alten Apfelbaum mit den Wurzeln aus dem Boden zu ziehen. Der Baum war bestimmt mehr als doppelt so alt wie der Mensch, der jetzt Hand an ihn legte. Rübsam schätzte das Alter des Baumes so an die sechzig, siebzig Jahre. Wahrscheinlich handelte es sich um eine Apfelsorte, die keiner EU - Norm entsprach. Der Baum wehrte sich heftig und hielt eine ganze Weile stand. Schließlich mußte er doch vor dem PS - Boliden kapitulieren.

Es ist zum Verzweifeln, dachte Rübsam, anderswo werden diese alten Obstsorten mühsam rekultiviert und geschützt. Hier kommt irgend so ein Troll mit seinem Potenzverstärker daher und schon ist die

Natur um ein schönes Exemplar einer aussterben-
den Art ärmer.

Jetzt hatte der Mann den Baum an den Trecker ge-
hängt und fuhr mit hoher Geschwindigkeit auf eine
Buschgruppe zu, in der der Baum dann entsorgt
wurde. Daß sich der Stamm dabei in Fahrtrichtung
tief in den Feldweg bohrte und eine tiefe Furche hin-
terließ, schien den Mann nicht im geringsten zu stö-
ren. Rübsam dachte an die Bilanz dieser Aktion.

Ein halber Quadratmeter Weidefläche auf der Ha-
benseite und auf der Sollseite der Verlust eines
durch seltsame EU – Regeln nicht mehr verwertba-
ren Apfelbaums, dessen spezifische Art vom Aussterben bedroht war. Die dabei verschwendete E-
nergie blieb unberücksichtigt.

So waren sie halt, hier oben im Westerwald. Die
Uhren gingen hier etwas anders.

Rübsam näherte sich der Grillhütte. Die Bauarbeiten
waren vorläufig eingestellt worden. Es herrschte
eine gespenstische Ruhe. Rübsam fröstelte. Seltsam, dachte er, daß von Orten, wo Verbrechen begangen worden sind, so eine eigenartige Stimmung
ausgeht. Die verkohlten Balken waren an den Rand
gelegt worden. Das Loch, in dem die Leiche gelegen
hatte, war mit Brettern und einer Plane abgedeckt
worden. Der gesamte Platz war zertrampelt, ein Zeichen dafür, daß viele Gaffer den Tatort besichtigt
hatten.

Rübsam lehnte sich an einen Baum und ließ den Ort
auf sich wirken.

„Hallo, Hauptkommissar."

Rübsam schreckte zusammen. Ein kleiner, hagerer
Mann trat hinter einer dicken Buche hervor und kam
auf Rübsam zu. Sein Alter war schwer zu schätzen,
irgendwo zwischen fünfzig und sechzig Jahren. Sein
ganzes Aussehen wirkte irgendwie anachronistisch.

Er trug einen Filzhut, einen alten Parka und Militärhosen, dazu hohe Schnürstiefel. Um den Hals hing ein Fernglas und auf dem Rücken trug er einen kleinen Rucksack. Abgerundet wurde die seltsame Gestalt durch einen großen Stock, auf den er sich stützte. Der Stock hatte Ähnlichkeit mit einem Schäferstock. Irgendwie ging eine eigenartige Ausstrahlung von dieser seltsamen Gestalt aus, die Rübsam auch sofort registrierte.

„Tach Hauptkommissar, ihr kommt net weiter, isch habb gehört, Sie hawwe die polizeilischen An - und Abmeldunge überprüft."

„Woher wissen Sie das?"

Der Mann lachte.

„Mer hat so sei Quelle, die Stadt is eichentlisch e Dorf, hier bleibt nix geheim, besonners wenn die Kribbo ermittelt."

Rübsam roch die Fahne seines Gegenübers.

„Was halten Sie denn von der Sache?" fragte Rübsam und bereute in der selben Sekunde, daß er, ein Kripobeamter, einen alkoholisierten Laien um seine Meinung fragte.

„Isch hab kei Meinung, Hauptkommissar, aber..."

„Ich bin kein Hauptkommissar", sagte Rübsam, „ich bin Wachtmeister."

„Aber dat macht doch nix, Herr Hauptkommissar, für misch sind alle Kriminale Hauptkommissare."

„Was wollten Sie eigentlich vorhin sagen?"

„Wat wollt isch sache? Tja, unner dem Aspekt der Ewischkeit, ist es belanglos, wann ein Mensch stirbt und wie er stirbt. Ob er nun mit 40 stirbt oder mit 60, et ist der Ewischkeit egal. Aber wat isch eischentlisch sache wollt, net dat ich Sie belehren will, Herr Hauptkommissar, aber Sie habbe bei Ihrn Ermittlunge wat vergesse", sagte der Mann und schaute Rübsam an.

„Was soll ich vergessen haben?" fragte Rübsam, der sich immer mehr ärgerte, daß er sein Gegenüber um seine zweifellos unqualifizierte Meinung gebeten hatte.

„Sie hawwe nach Persone gefragt, die plötzlisch, ohne Grund, verschwunde sind. Dann habbe Sie im Einwohnermeldeamt nachgeforscht, wer zur fraglich Zeit umgezoge ist."

„Na und?" fragte Rübsam.

Der Mann lachte.

„Wat ist abber mit den Leut, die plötzlisch verschwunde sinn ohne sisch polizeilisch absemelde, aber einen für jedermann verschtändlische Grund hatte?"

„Was soll das?" fragte Rübsam, dem das konfuse Geschwätz auf die Nerven ging. „Was ist das für ein Gerede?"

„Denke Sie mal drüber nach, Hauptkommissar", sagte der Mann, drehte sich um und ging mit langen Schritten davon. Rübsam dachte einen Augenblick nach, dann setzte er sich in Bewegung und lief seinem seltsamen Gesprächspartner hinterher. Am Ausgang der Freizeitanlage hatte er ihn eingeholt. Sie setzten sich auf eine Bank. Der Mann holte einen Flachmann aus der Tasche und reichte ihn dem Wachtmeister. Zur eigenen Überraschung ergriff Rübsam die Flasche und nahm einen Schluck.

„Sie wissen etwas", sagte Rübsam, „und das will ich jetzt auch wissen."

„Isch weiß en ganze Masse, nur, ob Sie dat allet interessiert?"

„Wie meinten Sie das eben, mit den Leuten, die einen Grund hatten zu verschwinden, ohne sich abzumelden? Kennen sie so jemanden?"

„Ja, isch kenn so jemand. Es gibt en Person, die in der frachlisch Zeit über Nacht verschwunne is und en scheinbar für alle nachvollziehbare Grund gehabt hat, deshalb hat sisch auch keiner sonderlisch dafür interessiert."

3. Kapitel

In der Hochzeit des kalten Krieges, in den 50er und 60er Jahren des 20. Jahrhunderts, versuchten viele Deutsche, die DDR durch Flucht zu verlassen. Bekanntlich führte das zu vielen Toten an der innerdeutschen Grenze. Aber es gab auch Westdeutsche, die in die DDR flüchteten oder einwanderten. Der Bekannteste war sicherlich Wolf Biermann. Die Motive der Leute waren sehr unterschiedlich. Einige hatten politische Motive, sie hielten die DDR für den besseren deutschen Staat, andere hatten private Motive, sie kamen vielleicht mit dem Leben in der BRD nicht klar, oder hatten schlichtweg Straftaten begangen. Auf beiden Seiten gab es Übergangslager, in denen die Flüchtlinge erst einmal untergebracht wurden.

In der kleinen Stadt im Westerwald, damals noch ein Dorf, wohnte die Familie Bunk. Herr und Frau Bunk waren einfache Leute. Sie hatten zwei Jungen, die zwei Jahre auseinander waren. Der älteste war Jan, gefolgt von Erich. Mit im Haushalt lebte außerdem noch die Mutter von Frau Bunk. Anfang der 60er Jahre, wie schon gesagt, die Stadt war damals noch ein Dorf, wohnte die Familie in einem kleinen baufälligen Häuschen am Ortsrand zur Miete. Das Haus war für die fünfköpfige Familie viel zu klein. Man schaute sich nach einer Alternative um. Es war nicht einfach, denn vermietbare Wohnungen und Häuser waren selten. Dies lag an den Strukturen des Dorfes und der Region. Viele Leute waren Nebenerwerbslandwirte, die nach Siegen oder Frankfurt zur Arbeit fuhren. Man wohnte in der Regel im eigenen Haus bzw. auf dem eigenen Hof. Da es kaum Industrie gab, waren Zuzüge relativ selten, so daß das Angebot an Mietwohnungen recht knapp war. Dies stellte Familie Bunk auch bald fest. Nach einiger Zeit entschlossen sie sich, ein Haus zu bauen. Bunk war Maurer und wollte, da seine finanzielle Lage nicht die beste war, das Haus in eigener Regie hochziehen. Am Anfang lief alles gut, unter tatkräftiger Mithilfe des ältesten Sohnes Jan war der Rohbau bald erstellt. Doch dann begannen die Probleme. Von Hausinstallation, Zimmer- und Dachdeckerarbeiten hatte Bunk keine Ahnung und er mußte Fremdfirmen beauftragen. Dies war in seinen Finanzplänen nicht vorgesehen. Finanziell stand er bald mit dem Rücken zur Wand. Er versuchte zwar noch zu retten, was zu retten war, und zog mit seiner Familie, um die Miete zu sparen, in den Rohbau, doch irgendwann war das Ende der Fahnenstange erreicht.

Nachdem sie der Gerichtsvollzieher zweimal heimgesucht hatte, in einem Dorf blieb so etwas nicht verborgen und war eine Schande, waren die Bunks, bis auf den ältesten Sohn Jan, eines Tages verschwunden. Sie hatten sich in die DDR abgesetzt. Jan zog zu Verwandten und ging weiter zur Schule. Er hatte unter keinen Umständen in die DDR gewollt. Nachdem er die Volksschule erfolgreich beendet hatte, absolvierte er genauso erfolgreich eine Berufsausbildung.

Nachdem das erste Geld verdient war, fuhr Jan Bunk regelmäßig in die DDR, um seine Familie zu besuchen. Einige Male verbrachte er auch seinen Jahresurlaub in der DDR. Über diese Besuche erzählte er nichts, selbst wenn man ihn direkt ansprach. Beruflich ging es auch bald aufwärts, er gründete ein eigenes Geschäft.

Kurze Zeit später heiratete er und baute für sich und seine Frau, am Stadtrand - aus dem Dorf war inzwischen eine Stadt geworden - ein wunderschönes Haus. Andauernde Frauengeschichten führten dann Mitte der achtziger Jahre zur Scheidung. Weil keine Kinder da waren, verlief diese Scheidung relativ problemlos.

Nach der Scheidung lebte Jan alleine in dem großen Haus. Er fuhr nach wie vor in die DDR zu seiner Familie und ging seinen Geschäften nach. Die Leute, die die Vorgeschichte kannten, waren von Jans Anhänglichkeit an die Familie beeindruckt.

1990, nach der Wende, ging es mit der Firma Bunk plötzlich bergab. Jan mußte Konkurs anmelden. Im Juli 1990 wurde sein Haus zwangsversteigert. Jan konnte aber zur Miete dort wohnen bleiben. In diesen aufregenden Nachwendejahren, mit ihren dauernden Enthüllungen über die Stasi und ihre vielfältigen Aktivitäten, tauchten plötzlich Gerüchte auf. Verschiedene Gerüchte machten die Runde, Jan habe für die Stasi gearbeitet und seine Firma habe von Stasi Aufträgen gelebt, andere besagten, daß er Doppelagent gewesen sei. Der BND solle sogar Ermittlungen aufgenommen haben, aber das waren, wie schon gesagt, alles nur Gerüchte.

In der Folgezeit sah man Jan nicht mehr oft in der Öffentlichkeit, und im November 1990 war er plötzlich verschwunden. Einige meinten, daß er wegen der Stasigeschichte untergetaucht sei, andere sagten, daß er aus Scham wegen des Konkurses weggezogen sei.

Etwas Genaues wußte niemand.

Der kleine, seltsame Mann hatte seine Geschichte in gestochenem Hochdeutsch erzählt. Jetzt machte er eine Pause.

Rübsam, der bis jetzt aufmerksam zugehört hatte, fragte: „Er ist bis heute nicht wieder aufgetaucht?"

Der Mann sah ihn an und nickte.

„Ich glaube, ich habe verstanden", sagte Rübsam nachdenklich.

„Wer sind Sie eigentlich, ich meine wie heißen Sie?"

„Isch heiß,   Willi Holzer", sagte der merkwürdige Mann.

„Warum hat uns keiner bei unseren Ermittlungen diese Geschichte erzählt?"

„Weil Sie net danach gefragt hawwe, Sie hawwe nach jemand gesucht, der vermißt wurd. Der Jan wurd aber net vermißt, sei Verschwinde wurd als normal angesehe. Bedenken Sie auch, daß er, bevor er endgültisch verschwand, monatelang net in die Öffentlichkeit gegange is, außerdem war die Zeit der Wende, jeden Tag passierte wat anneres, die Leute warn abgelenkt, im Kopp."

„Das kann ich nachvollziehen", sagte Rübsam, „ich muß jetzt gehen. Ich danke Ihnen für Ihre Informationen, Herr Holzer. Außerdem möchte ich Sie bitten, die Geschichte vorläufig niemandem zu erzählen, ich möchte nicht, daß Gerüchte entstehen."

„Sie könne sich auf mich verlassen, Hauptkommissar."

Der Himmel hatte sich inzwischen bewölkt, es konnte jeden Augenblick anfangen zu regnen. Rübsam stand auf und ging zur Stadt zurück. Die Gedanken schwirrten in seinem Kopf umher. Er war hin- und hergerissen. Stasigeschichten in einer kleinen Stadt im Westerwald, das war unglaublich, nein verrückt. Dieser Holzer kam ihm suspekt vor, wie der schon aussah, und überhaupt, was lungerte der am Tatort herum? Er beschloß, die Geschichte vorläufig für sich zu behalten, er hatte keine Lust, sich von dem Hauptkommissar auslachen zu lassen. Andererseits konnte es nicht schaden, unauffällig bei Fleuth einige Erkundigungen über Holzers Geschichte einzuholen. Die Glaubwürdigkeit von Holzer wollte er auch überprüfen, unter Umständen wollte der sich nur wichtig machen.

Rübsam hatte die Stadt erreicht und ging in Richtung Hotel, als ihm einfiel, daß er ja den Auftrag hatte, die Gastronomischen Betriebe zu befragen. Er beschloß, zu Fleuth ins Rathaus zu gehen, dabei einen Umweg zu machen und die Wirte der auf dem Wege liegenden Gaststätten zu befragen.

Wie er erwartet hatte, kam bei der Befragung nichts heraus. Keiner der drei befragten Wirte war vor zehn Jahren schon im Geschäft gewesen. Die Vorgänger waren auch nicht aufzutreiben, einer war in Ausübung seiner Pflicht standesgemäß hinter dem Tresen gestorben, die anderen beiden waren unbekannt verzogen. Von einem hieß es, er sei nach Kanada ausgewandert.

Rübsam ging zu Fleuth ins Rathaus. Der Himmel war grau verhangen, und es hatte zu nieseln begonnen. Er war einigermaßen durchnäßt, als er im Rathaus ankam.

„Scheußliches Wetter", sagte er.

„Das gibt es hier öfter", meinte Fleuth trocken, „wir sind hier im Westerwald."

Fleuth sah heute noch eine Spur grauer aus als gewöhnlich.

Er besorgte einen dampfenden Kaffee, dann erkundigte sich Rübsam nach Holzer.

„Sagen wir mal so", sagte Fleuth diplomatisch, „die einen sagen, er sei ein wenig verrückt und rufen, wenn er kommt, die Kinder ins Haus, die anderen halten ihn für einen durch den Tod seiner Frau aus dem Gleis geworfenen Mann."

„Und Sie, für was halten Sie ihn?"

„Ich, ich halte ihn für einen intelligenten Sonderling, der seine eigenen Wege geht, ein wenig zu viel trinkt und dessen Lebensweise bei vielen auf Unverständnis stößt. Ich schätze und mag ihn, er ist durch die Lebensumstände eine Art Philosoph geworden, manchmal bin ich sogar ein wenig neidisch auf ihn. Man kann sich ausgezeichnet mit ihm unterhalten, da er in vielen Dingen beschlagen ist und eine ganz eigene Sicht der Dinge hat. Gelegentlich spielen wir Schach zusammen."

Rübsam schaute überrascht auf. Fleuth mochte Holzer, das hatte er nicht erwartet.

„Warum fragen Sie ausgerechnet nach Holzer?" fragte Fleuth.

Rübsam erzählte ihm von seinem seltsamen Zusammentreffen mit Holzer. Dann fragte er nach Jan Bunk.

Fleuth war außerordentlich erstaunt und schwieg eine Weile.

Dann sagte er:„Das könnte sein, es wäre möglich."

„Was könnte sein?" fragte Rübsam erstaunt.

Fleuth schaute ihn nachdenklich an und sagte: „ Sie suchen jemanden, der vor zehn Jahren verschwunden ist. Sie haben ihn gefunden. Jan Bunk ist vor zehn Jahren über Nacht verschwunden, ich wundere mich sehr, daß mir das nicht schon längst eingefallen ist. Manchmal hat man ein Brett vor dem Kopf. Ist das eine Spur, Herr Rübsam?"

„Es ist eine Spur", sagte Rübsam.

Sie schwiegen eine Weile.

„Die Witwe von Zahnarzt Schneider lebt noch", sagte Fleuth und schaute Rübsam mit wachen Augen an.

„Schneider war in der in Frage kommenden Zeit der

einzige Zahnarzt in der Stadt. Die Patientendateien könnten noch vorhanden sein, aber Sie kommen da nicht ran. Frau Schneider ist eine alte Dame und nicht ganz einfach. Am besten ist es, wenn ich mit ihr rede. Es sind noch zwanzig Minuten bis zum Dienstschluß, dann können wir zusammen hingehen. Vielleicht können wir die Identität des Toten klären."

Es nieselte noch immer, als sie sich auf den Weg zu Schneiders Witwe machten. Fleuth hatte zwei Schirme organisiert und redete ausschließlich über seinen verstorbenen Freund Schneider. Nach seinen Schilderungen war er ein richtiges Westerwälder Original gewesen. Im heutigen Sinne war er eigentlich kein richtiger Zahnarzt, sondern hatte, durch die Wirren des letzten Weltkrieges, nur eine verkürzte Zahnarztausbildung erhalten, die den Ansprüchen eines Feldlazarettes genügte, ihm in Friedenszeiten jedoch zu einem gewissen Ruf verhalf. Als Zahnarzt war Schneider berüchtigt bei Alt und Jung.

Schneiders Witwe war eine alte Dame, hoch in den 80ern, die ihre Sinne noch ganz gut beieinander hatte. Sie bat die beiden Herren in das Wohnzimmer, das geschmackvoll eingerichtet war. Wie alle rüstigen Damen in ihrem Alter nahm sie lebhaften Anteil an allem, was sich um sie herum abspielte. Weniger fein ausgedrückt konnte man sagen, daß sie neugierig war. Frau Schneider war froh, daß sie jemand besuchte, und servierte Tee, noch bevor sie wußte, was die beiden Herren von ihr wollten. Als sie erfuhr, daß es um den Toten in der Grillhütte ging und sie helfen konnte, den Toten zu identifizieren, war sie sofort dabei.

Die Patientenakten hatte sie nach dem Tode ihres Mannes nicht mehr gesehen. Er hatte sie im Keller deponiert. Es waren längst nicht mehr alle da.

Schneider hatte einen Teil der Akten seinem Nachfolger übergeben, die Akten der Patienten, die gestorben waren, hatte er vernichtet. Der Rest war im Keller. Frau Schneider bat die beiden Herren, selbst nach der benötigten Akte zu suchen. Nach fünf Minuten wurden sie fündig, Schneider hatte alles wohlgeordnet hinterlassen. Jan Bunk war über einen Zeitraum von fast dreißig Jahren Patient bei Schneider gewesen. Jede Behandlung war akribisch notiert. Die letzte Behandlung mußte kurz vor dem Verschwinden von Jan Bunk gewesen sein. Anhand der Akte konnte man sich ein ziemlich genaues Bild von den Zähnen Jan Bunks machen.

Rübsam sah glücklich aus, als sie das Haus verließen. Es nieselte immer noch. Er trug die Akte sicher und trocken unter seiner Jacke. Er war richtig stolz auf sich und freute sich auf das Gesicht seines Vorgesetzten. Die Akte mußte jetzt so schnell wie möglich ins Gerichtsmedizinische Institut, in dem auch die Leiche war.

Rübsam betrat das Hotel und fragte nach Hauptkommissar Dreck.

Er sei nach Koblenz zur Dienststelle gefahren, teilte ihm der Hotelier mit. Rübsam erreichte ihn über das Handy und schilderte ihm die Geschichte von Jan Bunk. Von der Übersiedlung seiner Familie in die DDR und den Stasigerüchten erzählte er nichts. Rübsam sollte die Akte sofort nach Koblenz in die Pathologie bringen, um Klarheit zu bekommen. Am nächsten Tag wollten sie dann beide zurückfahren. Rübsams Laune stieg noch um einige Grade. Er rief sofort seine neue Bekannte an und verabredete sich für den Abend mit ihr. Er fuhr nach Koblenz und brachte die Akte zur Pathologie. Er konnte den Pathologen zu einer ersten Stellungnahme überreden. Sie war positiv, natürlich noch inoffiziell, aber Rübsam war überzeugt, der Tote sei mit Sicherheit Jan Bunk.

Das Rendezvous am Abend verlief nach Rübsams Vorstellungen, seine Bekannte und er kamen sich entschieden näher. Dies lag nicht zuletzt an einem geistreichen Rübsam, der, nach diesem erfolgreichen Tag, bester Laune war. Er sprühte vor Geist und der Abend verging wie im Flug.

Am nächsten Morgen fuhr er mit Hauptkommissar Dreck zurück. Dreck war in guter Stimmung, freute sich, daß die Sache endlich vorwärts ging, obwohl der offizielle Bericht der Pathologie noch nicht vorlag. Gleichzeitig dämpfte er Rübsams Euphorie, indem er seine erfolgreichen Ermittlungen als Zufall und Anfängerglück hinstellte. Rübsam ließ sich seine Laune nicht verderben. Er fragte Dreck nach der weiteren Vorgehensweise.

Dreck dachte einen Augenblick nach, dann sagte er: „Wir werden vorläufig ganz diskret ermitteln. Rübsam, du wirst dich mit Fleuth unterhalten. Versuche herauszufinden, warum Bunks Geschäft nicht mehr lief, ob er Schulden hatte, und wenn ja, bei wem. Versuche bei Fleuth etwas über das Umfeld von Jan Bunk herauszubekommen, mit wem er verkehrt hat, mit wem er befreundet war etc."

„Und Sie", fragte Rübsam, „was machen Sie, wenn ich fragen darf?"

„Du darfs", antwortete der Hauptkommissar, „ich werde mich mit dem Bürgermeister unterhalten, der weiß, was in der Stadt los ist, er scheint recht kompetent und kooperativ zu sein."

Rübsam dachte an Holzer. Bei dem war sicherlich noch einiges zu erfahren. Er nahm sich vor, Holzer noch einmal gründlich zu befragen. Der Hauptkommissar brauchte davon nichts zu wissen. Als sie im Hotel ankamen, war der Zahnbericht schon da. Dreck hatte angeordnet, daß der Bericht sofort in das Hotel gefaxt werden sollte. Selbstverständlich hatte der Wirt den Bericht schon gelesen und war in heller Aufregung.

„Das ist ja ein Ding, der Jan Bunk liegt seit zehn Jahren neben der Grillhütte, wer hätte das gedacht", sagte der Wirt, „obwohl, wundern tut es mich nicht."

„Was wundert Sie nicht", fragte Dreck.

„Na ja, das mit der Grillhütte, wissen Sie, ich bin Jäger und aus diesem Grund zu ungewöhnlichen Zeiten in meinem Revier. Das Gelände der Freizeitanlage gehört dazu. Jan Bunk war früher oft und zu sehr merkwürdigen Zeiten in der Nähe der Grillhütte. Ich erinnere mich genau, ich habe ihn deshalb sogar einmal angesprochen, was er gesagt hat, weiß ich allerdings nicht mehr. Vielleicht fällt es mir ja wieder ein. Was mir aber gerade durch den Kopf geht, war auch seltsam, eines Morgens gegen fünf Uhr, ich war auf dem Ansitz in der Freizeitanlage, es ist der Ansitz genau zwischen Parkplatz und Grillhütte, hörte ich ein Auto kommen. Kurz darauf lief Jan im Jogginganzug an mir vorüber in Richtung Grillhütte, nach zehn Minuten lief er wieder zurück zu seinem Auto und fuhr weg. Ich weiß noch, daß ich mich damals sehr wunderte."

„Was war daran verwunderlich?" fragte Dreck.

„Na ja, da steht jemand morgens früh auf, zieht sich einen Jogginganzug an, fährt drei Kilometer bis zur Freizeitanlage, um dann tausend Meter zu laufen, weiter ist es nämlich nicht vom Parkplatz bis zur Grillhütte und wieder zurück. Hinzu kommt, daß er selbst am Stadtrand wohnt und den schönsten Wald hinter dem Haus hat. Ist doch komisch, oder ?"

Kühn sah den Hauptkommissar fragend an.

Dreck sagte nichts.

„Hört sich merkwürdig an", sagte Rübsam.

Als der Wirt gegangen war, fragte Dreck: „Was hältst du davon, Rübsam?"

„Es hört sich so an, als habe sich Bunk mit jemandem an der Grillhütte getroffen."

„Vielleicht", sagte Dreck, „vielleicht aber auch nicht."

Der Wirt kam noch einmal zurück und betrat wieder die Gaststube.

„Was ich noch sagen wollte, der Bruder von Bunk ist seit ungefähr fünf Jahren wieder da", sagte er.

„Warum sagen Sie das so seltsam, und was heißt denn „wieder da", war der auch verschwunden?" fragte Dreck.

„Ach so, das können Sie ja nicht wissen. Die Familie von Jan Bunk ist Anfang der sechziger Jahre in die DDR übergesiedelt."

„Was sind die?" fragte Dreck ungläubig.

„Die sind in die DDR übergesiedelt, wollen Sie mich auf den Arm nehmen?"

„Es ist aber so. Wegen einer falschen Hausfinanzierung sind die damals abgehauen, der alte Bunk war nicht der Cleverste, er hat gebaut und sich übernommen. Als dann der Gerichtsvollzieher kam, waren sie eines Morgens verschwunden. Später erfuhren wir dann von Jan, daß sie in der DDR sind, Jan hat sie regelmäßig, mehrmals im Jahr, besucht."

„Das habe ich ja noch nie gehört. Jemand flieht in die DDR", Dreck konnte sich kaum einkriegen.

„Doch, das gab es, Chef, ich habe deshalb schon recherchiert", sagte Rübsam, „es gab in den 60ern eine ganze Reihe von Übersiedlungen von West nach Ost."

Dreck sah Rübsam merkwürdig an, dann sagte er mit einem gereizten Unterton in der Stimme: „ Wie

kommst du dazu, Recherchen in diese Richtung anzustellen? Kann es sein, daß ich nicht alles weiß?"
Rübsam sah verlegen zu Boden und sagte: „Ich habe die Geschichte schon einmal gehört, wollte Sie allerdings mit diesem Schmarren nicht belästigen."
Hauptkommissar Dreck lief rot an, dann sagte er, sich mühsam beherrschend: „Rübsam, ich gebe Ihnen jetzt die dienstliche Anordnung, alle, aber wirklich alle Informationen über den Fall auf den Tisch zu legen. Und noch was, ob eine Information ein Schmarrn ist, das, mein lieber Rübsam, das entscheide in Zukunft nur ich. Haben Sie das verstanden?"
„Jawohl", sagte Rübsam kleinlaut und schaute betreten zu Boden, dann erzählte er sein Zusammentreffen mit Holzer.
Der Wirt hatte die Szene mitverfolgt, was den Hauptkommissar nachträglich ärgerte. Während Rübsam erzählte, nickte er mehrmals zustimmend und bestätigte Holzers Geschichte.
„An der Stasigeschichte muß was dran gewesen sein, denn es wurde tatsächlich ermittelt. Hier schlichen tagelang Gestalten herum, die sich unauffällig nach Jan Bunk erkundigten. Die Leute glaubten damals, daß sie vom BND seien."
„Sie meinen, der Tote könnte Opfer der Stasi geworden sein, vielleicht wußte er zuviel", meinte Rübsam.
„Das ist doch Unsinn", sagte Dreck, „die Stasi hat doch nicht ihre eigenen Leute umgebracht, dann hätten die ja auch einiges zu tun gehabt. Was noch dagegen spricht, ist der Zeitpunkt, Jan Bunk hat Ende 1990 noch gelebt und da war die Stasi fast schon abgewickelt. Im übrigen kannst du da gar nicht mitreden, du warst damals viel zu jung."

„Aber es gab doch Seilschaften, noch Jahre später", meinte Kühn, „es kann doch sein, daß Jan Bunk das Opfer einer Seilschaft geworden ist."

„Unwahrscheinlich", murmelte Dreck, „jetzt geht die Phantasie mit Ihnen durch. Ich glaube an einen ganz normalen Mord, meinetwegen aus Eifersucht, oder er hat einen Geschäftspartner über den Tisch gezogen, etwas in der Richtung."

Die Dinge waren in Bewegung gekommen und die Stadt nahm regen Anteil.

Die Gerüchteküche kochte.

4. Kapitel

Rübsam hatte das Hotel verlassen und ging die Hauptstraße hinauf. Er mußte mit Fleuth oder Holzer reden, das waren die einzigen, die mit ihrer anderen Wahrnehmung etwas mitgekriegt haben konnten. Wo Holzer steckte, wußte er nicht, er wollte Fleuth danach fragen. Er ging in Richtung Rathaus. Der Regen hatte aufgehört, es war etwas aufgeklart und nicht mehr so grau wie gestern. Im Rathaus sagte man ihm, daß Fleuth in der Mittagspause sei. Er ging fast immer, wenn das Wetter es zuließ, in Richtung Wald. Ein Angestellter zeigte ihm die Richtung. Rübsam ging in die bezeichnete Richtung. Nach ca. 5 Minuten kam ihm Fleuth entgegen. Er war auf dem Rückweg zum Rathaus.

„Lassen Sie uns noch ein wenig laufen", sagte er zu Rübsam, „meine Mittagspause ist zwar gleich zu Ende, aber Ihre Ermittlungen sind ja im öffentlichen Interesse und außerdem werde ich im nächsten Jahr pensioniert, nach vierzig Dienstjahren ohne nennenswerte Fehlzeiten kann man sich das schon mal leisten."

Fleuth sah heute nicht mehr ganz so grau wie gestern aus. Sie gingen auf einem Waldweg nahe am Waldrand.

„Herr Fleuth", fragte Rübsam unverblümt; „was fällt Ihnen bei dem Namen Jan Bunk in Verbindung mit dem Begriff Stasi ein?"

Fleuth nickte bedächtig.

„Ich habe damit gerechnet, daß Sie das fragen", sagte er, „es war eine Frage der Zeit, wann Sie darauf kommen."

Rübsam schaute ihn überrascht an.

„Es ist also wahr, Jan Bunk hat für die Stasi gearbeitet?"

„Nicht so eilig, beweisen konnte man nichts, es gab Hinweise, sehr dichte Hinweise."

„Was waren das für Hinweise?"

„Jan Bunk machte sich aus dem Nichts selbständig, das fiel mir damals schon auf, dann arbeitete er entschieden zu wenig. In der Anfangsphase einer Firma muß in der Regel hart gearbeitet werden, und das, das hat Jan Bunk nie getan. Er war vom Beginn seiner Selbständigkeit an sehr stark in das öffentliche Leben der Stadt eingebunden, er war in vielen Vereinen engagiert, in einem hatte er sogar den Vorsitz. Im Übrigen war er in Gelddingen immer sehr großzügig, so konnte es passieren, daß er wehrpflichtige Soldaten aus der hiesigen Kaserne einen ganzen Abend aushielt, und das nicht nur einen, sondern mehrere. Das kam natürlich nicht jeden Tag vor, aber es passierte regelmäßig. Er sponsorte auch die Jugendclubs und oft saß er einen ganzen Abend mit Soldaten und Jugendlichen zusammen."

Rübsam hatte schweigend zugehört.

„Auf ein offenes Wort", sagte Rübsam, „was denken Sie, war er ein Mitarbeiter der Stasi?"

Fleuth schwieg eine Weile, dann sagte er: „ Anfangs dachte ich, er hat Daueraufträge einer großen Firma, das war auch das, was er erzählte. Ich kenne ein paar örtliche Firmen, für die er gelegentlich arbeitete, aber das waren alles kleinere Sachen, auf keinen Fall konnte er davon auf einem so hohen Lebensstandard leben, das hätte bestenfalls zum Überleben gereicht. Er muß einen großen Auftraggeber gehabt haben, von dem er regelmäßig Aufträge und Geld erhielt. Als er dann verschwand und die Stasigerüchte auftauchten, dachte ich, das war es also. Aber wenn jemand etwas weiß, dann ist es Holzer, Sie sollten mit ihm reden."

„Wo finde ich den?" fragte Rübsam.

„Abends ist er meistens in der Wirtschaft Kasper, tagsüber ist er unterwegs, überall und nirgends. Oft taucht er zu Zeiten und an Orten auf, wo man ihn am wenigsten erwarten würde. Sie können es natürlich bei ihm zu Hause probieren, er wohnt in der Bahnhofstraße."

Fleuth beschrieb ihm den Weg.

„Dann steht mir wahrscheinlich wieder ein Abend in der Kneipe bevor", sagte Rübsam. Er bedankte sich und ging in die Stadt zurück.

Hauptkommissar Dreck war in der Zwischenzeit auch nicht untätig gewesen. Er hatte mit dem Bürgermeister telefoniert und sich mit ihm verabredet. Zum Mittagessen war er in die Metzgerei Ludwig gegangen und hatte eine Schlachtplatte gegessen, die es in sich hatte. Wie schon gesagt, Dreck liebte Hausmannskost, und war froh, ein Lokal gefunden zu haben, wo er nach Herzenslust zuschlagen konnte. Da er nicht zur Fettleibigkeit neigte, konnte er essen bis zum Abwinken. Viele seiner Kollegen, die eklatante Figurprobleme hatten, beneideten ihn darum. Dreck war froh, daß Rübsam unterwegs war, denn der war kein Freund der rustikalen Landgaststätten und bevorzugte das Essen im Hotel. Es war deshalb schon zu Auseinandersetzungen gekommen. Bisher hatte sich der Hauptkommissar kraft seines Amtes durchgesetzt. Allerdings hätte Dreck heute nachgeben müssen, denn Rübsam wäre heute mit einem Lokal seiner Wahl drangewesen.

Sie verfehlten sich nur knapp, d.h. wenn Rübsam gewollt hätte, dann hätte er den Hauptkommissar noch treffen können. Rübsam wollte aber nicht. Er kam den Friedhofsweg herunter und bog gerade in die Hauptstraße ein, als Hauptkommissar Dreck das Hotel verließ und in Richtung Rathaus ging. Rübsam blieb sofort stehen und trat einen Schritt zurück, dann machte er sich umständlich an seinem Schuh zu schaffen. Als der Hauptkommissar zwischen den Passanten verschwunden war, überquerte er die Hauptstraße und betrat das Hotel.

„Ihr Kollege hat gerade das Haus verlassen", sagte der Hotelier, „Sie hätten ihn fast getroffen."

„So ein Mist", sagte Rübsam und bemühte sich um ein enttäuschtes Gesicht, „na ja, dann muß ich heute alleine essen."

Er bestellte sich Sauerbraten vom Damhirsch, den er schon am ersten Tag ins Auge gefaßt hatte. Er war köstlich. Der Hauptkommissar hätte sich jetzt wieder über ihn lustig gemacht. Hirschbraten mit Klößen und Rotkohl, was ist das gegen Kasseler auf Sauerkraut an Kartoffelpüree, hätte er so oder so ähnlich gesagt.

Hauptkommissar Dreck war in Rübsams Augen eine Art Banause, und das in fast jeder Hinsicht.

Der Hauptkommissar hatte inzwischen im Amtszimmer des Bürgermeisters Platz genommen und nippte an dem Kaffee, den Frau Schmidt serviert hatte.

„Sie glauben wirklich an eine Stasigeschichte, daß der Jan Bunk hier in unserer harmlosen Stadt für die Staatssicherheit der DDR gespitzelt hat ?" fragte der Bürgermeister, nachdem Hauptkommissar Dreck ihn über die neusten Ermittlungsergebnisse informiert hatte.

„Es ist eine Möglichkeit", sagte der Hauptkommissar. Der Bürgermeister stand nachdenklich am Fenster und schaute auf den Kirchturm.

„Was kann die Stasi für ein Interesse an unserer Stadt haben?" fragte er.

„Hier gibt es doch nichts, was für die interessant ist."

„Sie stellen die Frage falsch, Herr Bürgermeister. Die Frage muß lauten: was war für die Stasi vor 15 – 20 Jahren interessant? Da war kalter Krieg, wir waren hier die Nahtstelle zwischen Ost und West. Da waren Sie noch nicht Bürgermeister. Was haben Sie eigentlich vorher gemacht, Herr Bürgermeister?"

„Ich bin Soldat, Berufssoldat", antwortete Kolb.

Dreck schaute ihn überrascht an.

„Es ist sicherlich sehr ungewöhnlich, daß Soldaten sich kommunalpolitisch betätigen."

„Nein", sagte Kolb zögernd, „so ungewöhnlich ist das gar nicht. Der Fraktionsführer der Opposition, Major Liter, ist auch Berufssoldat, und unter den Stadträten gibt es noch zwei."

„Wieso zögerten Sie eben, es ist doch positiv, wenn sich Soldaten politisch engagieren."

„Im Prinzip haben Sie natürlich Recht, es ist sicherlich begrüßenswert, wenn „der Staatsbürger in Uniform" sich in der Politik betätigt, nur die Motive, die Motive sind manchmal etwas seltsam. Sie werden das nicht verstehen, aber wir Berufssoldaten müssen ständig damit rechnen, versetzt zu werden. Damit meine ich nicht, daß man z.B. für ein viertel Jahr in den Kosovo geht. Ich meine die endgültige Versetzung an einen anderen Standort. Das hat Konsequenzen, die Familie wird aus ihren gewohnten Lebenszusammenhängen gerissen, denken Sie nur an die Kinder, sie müssen die Schule wechseln, verlieren die Freunde. Viele Ehen sind daran zerbrochen. Ein Ausweg aus dem Dilemma ist ein politisches Mandat, hat man ein solches, dann kann man nicht mehr versetzt werden."

„Ich verstehe", sagte Dreck, „Sie wollen sagen, daß Soldaten sich politisch engagieren, um nicht mehr versetzt werden zu können."

„Nein, um Gottes Willen nein, das hört sich ja an, als würden das alle machen. Der große Teil der politisch tätigen Soldaten hat sicher lautere Motive, für die Soldaten in unserem Rat lege ich meine Hand ins Feuer."

Bürgermeister Kolb hatte sich in Rage geredet.

„So habe ich es nicht gemeint", sagte Dreck, bemüht, den Bürgermeister milde zu stimmen.

Er nahm sich aber vor, bei passender Gelegenheit Nachforschungen anzustellen, wer sich von den im Rat tätigen Soldaten ein Häuschen gebaut hatte.

„Könnte die Bundeswehr Ziel der Stasi gewesen sein?" fragte Dreck unvermittelt. „In den achtziger Jahren war ja noch „kalter Krieg", Gorbatschow war gerade auf der Bildfläche erschienen. Immerhin gibt es im Westerwald ja genug Kasernen."

Kolb sah ihn ein paar Sekunden lang an, dann sagte er: „Das wäre möglich, es gab da tatsächlich was. 1991 wurden sämtliche Verfügungsräume gewechselt. Sie werden nicht wissen, was Verfügungsräume sind, nehme ich an?"

„Ja, das weiß ich nicht."

„Verfügungsräume sind Orte, wohin sich militärische Verbände im Spannungsfall, ab einer gewissen Alarmstufe, zurückziehen. Sie müssen wissen, daß die Standorte der Kasernen einem potentiellen Angreifer natürlich bekannt sind, so daß sie, im Falle eines bewaffneten Konfliktes, das erste Ziel wären. Deshalb werden bei einer Eskalation, ab einer bestimmten Alarmstufe, die Kasernen verlassen, und die Einheiten ziehen sich in ihre sogenannten Verfügungsräume zurück. Jede Einheit hat mehrere dieser Räume. 1991 wurden alle bisherigen Verfügungsräume von einem Tag auf den anderen nichtig. Es muß da irgend etwas entdeckt worden sein. Wir haben damals gedacht, daß bei der Stasi Unterlagen gefunden worden seien, aus denen ersichtlich war, daß unsere Verfügungsräume bekannt waren."

„Das heißt, daß irgend jemand von hier diese Informationen weitergegeben hat."

„Heißt es nicht, der Spion kann auch auf Divisions- oder Brigadeebene gesessen haben."

„Er kann aber auch hier gesessen haben."

„Möglich ist es", sagte Kolb.

Bürgermeister Kolb hatte die Fraktionsvorsitzenden aller Parteien telefonisch über die Identität des Toten informiert und hatte auch angedeutet, daß die Stasi ihre Finger im Spiel gehabt haben könnte. Bis auf Major Liter waren alle überrascht und betroffen, daß so etwas in ihrer Stadt passiert sein sollte. Major Liter reagierte unerwartet, er fuhr den Bürgermeister in einer Heftigkeit an, daß dieser den Telefonhörer vom Ohr weg halten mußte.

„Was soll das, Bürgermeister, reicht es nicht, daß wir hier eine Leiche haben, das ist doch Negativwerbung genug! Jetzt setzt ihr noch einen drauf und macht eine Stasiaffäre daraus! Ich kann das Wort Stasi nicht mehr hören, kaum macht man den Fernseher an, ist von der Stasi die Rede. Überall Stasi, in allen Lebensbereichen wimmelt es von Stasis. Dieses Land hat eine Stasineurose, und die hat heute unsere Stadt erreicht. Seid ihr denn alle verrückt geworden, reicht euch ein einfacher Mord schon nicht mehr, müßt ihr gleich eine Stasigeschichte daraus machen?"

Liter mußte Luft holen. Die Pause nutzte Kolb, um ihm ins Wort zu fallen.

„Nun halte mal die Luft an, das mit der Stasi haben wir uns doch nicht aus den Fingern gesogen. Die Polizei ermittelt in diese Richtung, nicht mehr und nicht weniger wollte ich euch mitteilen, aber anbrüllen lassen muß ich mich von dir deshalb nicht."

„Tut mir leid, Bürgermeister", lenkte Liter ein, „mir ist halt der Gaul durchgegangen, ich kann das Stasigeschwafel nicht mehr hören. Die Stasi hat zwar an vielen Sachen gedreht und mitgemischt, aber man kann sie nun wirklich nicht für alles verantwortlich machen. Ich glaube, daß die Polizei nicht weiter kommt, und deshalb ist die Stasigeschichte für sie eine praktische Lösung, denn dann braucht man den richtigen Täter nicht zu suchen."

„Ganz so einfach ist die Sache nicht, es gibt ernstzunehmende Hinweise, daß Jan Bunk für die Stasi gearbeitet hat, daß die ihn umgebracht haben, hat kein Mensch behauptet, dagegen spricht auch die Todeszeit, denn zu diesem Zeitpunkt gab es die Stasi schon gar nicht mehr."

Die beiden redeten noch eine Weile über die kommende Ratssitzung, bevor sie das Gespräch beendeten.

Frau Liter fuhr wie jeden Tag gegen 17°° Uhr, in die Kaserne, um ihren Mann abzuholen. Dies war unter den Wachsoldaten allgemein bekannt. Normalerweise wurde, wenn sie kam, die Schranke hochgestellt, und sie konnte problemlos passieren. Heute war es anders, die Schranke blieb unten. Verwundert schaute sie nach dem Wachsoldaten aus. Der kam bereits auf sie zu. Er grüßte militärisch und teilte ihr mit, daß ihr Mann, Major Liter, vor ca. einer Stunde die Kaserne zu Fuß verlassen habe und bisher noch nicht zurückgekehrt sei. Frau Liter war verwundert, das war noch nie vorgekommen. Normalerweise legte ihr Mann größten Wert auf Pünktlichkeit, er war geradezu ein Pünktlichkeitsfanatiker, und jetzt das! Er hätte sie mit seinem Handy anrufen können. Kurz entschlossen nahm sie ihr Handy und wählte seine Nummer. Abgeschaltet!

Frau Liter startete den Wagen und fuhr nach Hause. Sie war einigermaßen irritiert und hatte keine Ahnung, was sie von der Sache halten sollte. Noch vor ein paar Tagen hatte ihr Mann einen Tobsuchtsanfall bekommen, weil sie sich um 5 Minuten verspätet hatte. Die Erklärung, direkt vor ihr sei ein Unfall geschehen, hatte seine Wut nur noch vergrößert. Dann mußt du halt eine halbe Stunde früher losfahren, hatte er geschrien. Und jetzt das!

Zu Hause angekommen, parkte sie den Wagen vor der Garage. Dann schloß sie die Haustür auf und betrat das Wohnzimmer. Zu ihrer Überraschung saß ihr Mann in seinem Sessel und stierte vor sich hin. Frau Liter kannte diesen Blick. Jetzt nur kein falsches Wort, der Abend war sonst gelaufen.

Rübsam hatte sich nach dem Essen einen Augenblick hingelegt. Er fand, daß er sich das verdient hatte, die letzte Nacht war doch sehr kurz gewesen. Er war gerade aufgestanden und in den Gastraum getreten, als Dreck hereinkam.

„Da bist du ja, Rübsam", sagte er, „setzen wir uns hin und trinken einen Kaffee, ich gebe einen aus."

„Wirtschaft", rief er.

Der Wirt stand schon bereit. Er kam aus einem Nebenraum und erkundigte sich nach dem Stand der Ermittlungen. Der Hauptkommissar gab ihm einige

Informationen, teils um sich seine Mitarbeit zu sichern, teils um falschen Gerüchten vorzubeugen, von denen schon einige im Umlauf waren.

Der Wirt brachte den Kaffee und verließ dann den Raum. Dreck und Rübsam tauschten sich aus. Dreck war noch einmal zur Grillhütte gegangen und hatte Holzer in der Nähe getroffen. Holzer hatte sich aber sehr bedeckt gehalten. Der Hauptkommissar hielt ihn für ein harmlosen Trottel, von dem keine Informationen zu erwarten waren. Weiterhin hatte er über seine Koblenzer Dienststelle, mit großer Dringlichkeit, eine Anfrage über Jan Bunk bei der Gauckbehörde in Gang gebracht, auf deren Ergebnis er noch wartete. Er hatte seine Dienststelle veranlaßt, das Ergebnis telefonisch zu übermitteln, Kühn mußte nicht alles mitkriegen.

Der Wirt öffnete die Tür zum Gastraum einen Spalt und sagte:

„Herr Hauptkommissar, da war ein Anruf für Sie, ein gewisser Hecht wollte Sie unbedingt sprechen. Er will noch einmal anrufen."

„Danke", sagte Dreck, „ich schreibe Ihnen meine Handynummer auf und lege sie hinter den Tresen. Seien Sie so nett und geben Sie die Nummer weiter."

„Wird gemacht."

„Kennst du einen Hecht?" fragte er Rübsam.

„Nein, nie gehört."

„Na, der kann sich ja noch einmal melden."

„Mist", sagte Rübsam, „Mist und noch einmal Mist."

Hauptkommissar Dreck sah Rübsam irritiert an.

„Wir haben vergessen, den Bruder zu benachrichtigen."

„Welchen Bruder, Rübsam, rede nicht in Rätseln, wen oder was meinst du?"

„Na, den Bruder von Jan Bunk, der Wirt hat doch erzählt, der sei wieder da."

„Mist", sagte Dreck.

„Wir gehen sofort hin", entschied der Hauptkommissar, „bei der Gelegenheit schauen wir uns den Bruder einmal an."

Dreck rief nach dem Wirt und fragte nach der Adresse des Bruders.

Er wohnte „auf dem Berg", die genaue Adresse wußte er nicht, konnte das Haus aber genau beschreiben. Dreck und Rübsam machten sich auf den Weg. Sie fanden das Haus ohne große Probleme. Auf ihr Klingeln öffnete eine ca. 45jährige Frau. Sie machte einen etwas biederen, bodenständigen Eindruck. Hauptkommissar Dreck stellte sich und seinen Kollegen vor. Die Frau fühlte sich sichtlich unwohl. Sie fragten nach Erich Bunk.

Das sei ihr Mann, er sei nicht da, auf Arbeit, in Frankfurt auf dem Bau. Wann er zurückkomme sei ungewiß, so gegen 19°° Uhr sei er bestimmt da. Dreck fragte, ob sie einen Augenblick hereinkommen dürften. Die Frau bat sie ins Wohnzimmer, welches sehr aufgeräumt war und den Charme der 60er Jahre hatte. Rübsam stellte fest, daß es Kissen mit Schlag gab. Er hatte bisher nur davon gehört und gelesen, gesehen hatte er noch keines. Nachdem sie sich gesetzt hatten, fragte Dreck nach Jan Bunk, dem Bruder ihres Mannes.

„Wir wissen nicht, wo er ist", sagte Frau Bunk mit leiser Stimme, „gesehen haben wir ihn zuletzt 1989, wir wohnten damals noch in der DDR, in Lübbenau. Während der Wende haben wir oft telefoniert. Dann, es muß Ende 1990 gewesen sein, riß der Kontakt plötzlich ab. Er war wie vom Erdboden verschwunden. Drei Jahre später sind wir dann hierher gezogen, mein Mann ist schließlich hier geboren. Wir erfuhren, daß er Pleite war und sein Haus verkaufen mußte. Alle Nachforschungen, die wir angestellt haben, verliefen im Sand. Schließlich haben wir aufgegeben."

„Ihr Schwager ist tot", sagte Dreck.

Die Frau schwieg und schaute auf den Boden. Dann sagte sie leise: „Wir haben es geahnt, nein gewußt, zumindest ich habe es gewußt. Wissen Sie, Jan hätte sich gemeldet, wenn er noch am Leben gewesen wäre. Mein Mann wollte das nicht wahr haben, obwohl, insgeheim hat er es wohl auch gewußt."

Der Hauptkommissar nickte.

„Wie und wo ist er denn gestorben", fragte sie.

„Wir haben seine Leiche bei der Grillhütte gefunden, sie war dort vergraben und hat, nach unseren Ermittlungen, ca. 10 Jahre dort gelegen. Ihr Schwager ist durch einen Schlag auf den Hinterkopf ermordet worden."

Sie schaute überrascht auf, dann sagte sie; „Ermordet? Warum? Ich verstehe nicht."

„Die Hintergründe kennen wir leider nicht", sagte Dreck.

„Mein Gott, 10 Jahre hat er hier in der Erde gelegen und wir haben es nicht gewußt. Wie oft sind wir in der Freizeitanlage spazieren gewesen. Mein Gott."

„Frau Bunk", sagte der Hauptkommissar, „eine ganz direkte Frage, hat ihr Schwager für die Stasi gearbeitet?"

Sekundenlang sah sie den Hauptkommissar an, dann sagte sie: „Ich weiß es nicht, ich, d.h. mein Mann und ich, wir haben es immer befürchtet, aber konkrete Anhaltspunkte hatten wir nicht."

„Wie kamen Sie zu Ihrem Verdacht?" fragte Dreck.

„Die Familie meines Mannes war, wenn man von Jan absieht, nicht sehr lebenstüchtig, wenn Sie wissen, was ich meine."

Der Hauptkommissar nickte.

„Jan hat versucht, uns vor Schwierigkeiten zu bewahren. Er kannte die Schwächen seiner Familie sehr genau. Sie kennen ja die Geschichte der Bunks, sie sind, nachdem sie in der BRD gescheitert waren, in die DDR übergesiedelt. Dort verlief das Leben für sie auch nicht glatt, sie hatten sehr große Schwierigkeiten, besonders am Anfang. Jan kam dann und organisierte das. Jan hat in der DDR alles für sie geregelt, so daß sie und später auch ich, dort in Frieden leben konnten. Ich habe mir schon Gedanken gemacht, woher der große Einfluß von Jan kam, am Westgeld alleine konnte es nicht gelegen haben, denn einige der Funktionäre waren Überzeugungstäter, die waren unbestechlich. Ich gebe zu, ich habe hin und wieder an die Stasi gedacht, ich habe mit meinem Mann gelegentlich darüber geredet, der sah das ähnlich. Wir waren erst mal gar nicht überrascht, als Jan nach der Wende plötzlich verschwand, wir dachten, er muß wohl jetzt erst mal untertauchen. Als er dann jahrelang nichts von sich hören ließ, na ja, da kamen uns schon Bedenken."

Einige Sekunden herrschte Stille.

Rübsam begann, Jan Bunk mit anderen Augen zu sehen.

Der Hauptkommissar stand auf und sagte: „ Ich danke Ihnen für Ihre Ausführungen, Frau Bunk. Ich glaube, Sie haben uns einen Jan Bunk geschildert, den wir so bisher nicht kannten. Es hat wohl keinen Sinn, auf Ihren Mann zu warten, er wird uns kaum etwas Neues sagen können. Wenn die Leiche Ihres Schwagers freigegeben ist, rufen wir Sie an."

Sie verließen das Haus und gingen eine Weile schweigend nebeneinander her.

Dann fragte Dreck: „Was hältst du davon Rübsam?"

„Ich muß gestehen, daß sich mein Bild von Jan Bunk in der letzten Viertelstunde drastisch geändert hat. Im Übrigen halte ich Frau Bunk für eine beeindruckende Frau, die mit beiden Beinen im Leben steht, eine glaubwürdige Zeugin, die auf eine seltsame Art überhaupt nicht zum Rest der Familie zu passen scheint."

Der Hauptkommissar nickte.

„Und wenn sie lügt", fragte Dreck, „wenn sie uns einen Bären aufgebunden hat?"

„Warum sollte sie?" fragte Rübsam.

„Sie waren bis 1993 in der ehemaligen DDR, sie können Jan seit zehn Jahren nicht mehr gesehen haben, es gibt keinen Grund."

„Stimmt", sagte Dreck.

Sie waren im Hotel angekommen und wollten sich gerade an einem der Tische niederlassen, als die Frau Kühn, die beiden in einen Nebenraum bat.

Dort saß der Hotelier vor einigen Ordnern.

„Nehmen Sie Platz, meine Herren", sagte er, „ich mache gerade die unangenehmste Arbeit meines Berufs, die Steuer, ich bin für jede Unterbrechung dankbar."

Er lachte.

„Nach unserem letzten Gespräch, Sie erinnern sich, ist mir noch etwas eingefallen. Ich erzählte Ihnen doch, daß ich Jan Bunk sehr oft in der Freizeitanlage, in der Nähe der Grillhütte, gesehen habe."

Der Hauptkommissar nickte.

„Ich weiß nicht, ob es wichtig ist, aber es gibt noch zwei Personen, die ich vor zehn, zwölf Jahren erstaunlich oft in der Freizeitanlage gesehen habe, Personen, die mir auffielen, da ich es für ungewöhnlich hielt, daß diese Leute zu diesem Zeitpunkt an diesem Ort waren. Sie sehen, ich kann mich sogar heute noch daran erinnern. Merkwürdigerweise habe ich diese Leute seit Jahren dort nicht mehr gesehen, obwohl ich eigentlich mehr zur Jagd gehe als früher."

„Nun sagen Sie schon, wen haben Sie dort gesehen?" fragte Rübsam.

„Da war einmal ein gewisser Josef Buchner, der wohnt schon seit langem nicht mehr hier. Wie ich hörte, arbeitet er heute in irgendeiner Verwaltung, aber fragen Sie mich nicht, wo. Angehörige hat er nicht mehr. Seine Eltern sind schon lange tot, und verheiratet war er nicht. Den anderen werden sie auch nicht kennen, er wohnt noch hier und spielt eine wichtige Rolle im öffentlichen Leben der Stadt. Er ist Fraktionsvorsitzender der konservativen Partei und Berufssoldat, Hauptmann oder Major oder so was, ich war nicht beim Bund, ich kenne mich mit diesen Dienstgraden nicht aus. Er heißt Liter."

Dreck war überrascht, ein Soldat war in den Ring gestiegen. Ihm fiel sein Gespräch mit dem Bürgermeister, der ja auch Berufssoldat war, ein. Er wandte sich an den Wirt.

„Ihre Beobachtungsgabe und Ihr Gedächtnis erstaunen mich."

„Sehen Sie, als Jäger ist man zu ungewöhnlichen Zeiten unterwegs. Man sitzt oft stundenlang auf einem Ansitz und beobachtet die Umgebung. Man ärgert sich natürlich, wenn plötzlich irgendwelche Leute vor dem Ansitz herumlaufen und das Wild vergraulen. Wenn es dann auch noch immer dieselben Leute sind, prägen die sich natürlich anders ein, als wenn man denen beim Spaziergang begegnet. Ich gestehe Ihnen ein, daß ich damals einen nicht geringen Zorn auf die drei hatte."

„Ich verstehe", sagte Dreck. „Wissen Sie noch, um welche Tageszeit Sie die angesprochenen Personen im Wald gesehen haben?"

Der Wirt überlegte.

„Meine Hand möchte ich dafür nicht ins Feuer legen, aber wenn ich mich recht entsinne, war Jan Bunk meist in den frühen Morgenstunden unterwegs, während die beiden anderen eher gegen Abend kamen. Wie gesagt, das ist ohne Gewähr."

Der Hauptkommissar nickte.

„Ich danke Ihnen für Ihre Offenheit, ob diese Informationen zu etwas Konkretem führen, weiß ich nicht."

Sein Handy gab Laut.

Der Hauptkommissar entschuldigte sich und ging in sein Zimmer.

„Hecht ist mein Name", meldete sich der Anrufer, „Hans Hecht, Sie kennen mich nicht. Wie ich hörte, sind Sie der Kommissar, der die Ermittlungen im Fall Bunk leitet. Ich bin in der Stadt geboren, habe eine Aussage im Fall Jan Bunk zu machen."

Der Hauptkommissar fragte, wann sie sich treffen könnten.

„Morgen", sagte Hecht, „morgen komme ich gegen 12°°Uhr im Hotel Westerwald vorbei. Ich wohne in Dortmund und ich bin morgen in der Gegend."

„Einverstanden", sagte Dreck, „bitte geben Sie mir Ihre Telefonnummer, für den Fall, daß was dazwischen kommt."

Hecht nannte seine Telefonnummer.

Rübsam saß schon an einem Tisch, als Dreck die Gaststube betrat.

„Was gab es?" fragte Rübsam.

„Es ist interessant, wie viele Leute einem plötzlich was zu erzählen haben."

Dreck berichtete Rübsam von dem Anruf aus Dortmund. Der meinte dazu: „Die Buschtrommel scheint in dieser Stadt ausgezeichnet zu funktionieren, selbst Ureinwohner, wie dieser Hecht, sind in das

Kommunikationsgeflecht eingebunden und nicht nur das, sie reagieren auch sofort."

Dreck schaute ihn überrascht an und sagte: „ Deine Art, die Dinge zu betrachten, erstaunt mich immer wieder, aber dein Blickwinkel ist, zugegebenermaßen, nicht uninteressant."

Zu mehr Lob war Dreck nicht in der Lage und Rübsam wußte das, deshalb sagte er: „ Danke, Herr Hauptkommissar."

Das Handy gab abermals Laut.

Der Hauptkommissar meldete sich und führte ein kurzes Gespräch.

Dann wandte er sich an Frau Kühn und fragte, ob er das Fax benutzen dürfe. Die Wirtin bejahte. Dreck rief seine Dienststelle an und forderte das Fax an. Er ging in den Nebenraum, um das Fax entgegen zu nehmen. Rübsam hatte er vorher auf sein Zimmer geschickt. Dreck trat, das Fax in der Hand, in dessen Zimmer ein. Rübsam schaute erwartungsvoll.

„Es gibt Neuigkeiten, Rübsam, die Dinge kommen jetzt richtig in Bewegung", sagte der Hauptkommissar, der das Fax beim Hinaufgehen überflogen hatte. Er reichte Rübsam das Fax und setzte sich auf dessen Bett.

„Donnerwetter, Bunk war Offizier der Stasi, das hätte ich nicht gedacht! Ich glaubte, er sei so ein kleiner inoffizieller Mitarbeiter, ein IM, gewesen, aber „Offizier im besonderen Einsatz", ein richtiger „OibE", das hatte ich nicht erwartet. Haben Sie gelesen, Hauptkommissar, der hatte eine richtige militärische Ausbildung. In den Ferien, wenn er angeblich seine Familie besuchte, war der bei der NVA oder bei der Stasi zur Ausbildung. Das ist ein richtiger Profi gewesen, kein Wunder, daß der nicht aufgeflogen ist."

Rübsam war beeindruckt.

„Lies weiter", sagte Dreck.

„Donnerwetter, der hat sieben IMs geführt, davon zwei aus dieser Stadt. Einen „ IM Milch" und einen „IM Lourdes". Mit den Decknamen müßten wir doch an die Klarnamen herankommen?" meinte Rübsam.

„Das ist leider in diesem Fall nicht möglich", sagte der Hauptkommissar, „wenn du weiterliest, wirst du feststellen, daß selbst der Stasi die Klarnamen der IMs nicht bekannt waren. Jan Bunk hat sich immer geweigert, die Klarnamen zu nennen. Er wollte so seine Informanten schützen."

„Ein anständiger Kerl, dieser Jan Bunk", meinte Rübsam nachdenklich.

„Kann man so sehen", sagte der Hauptkommissar.

Rübsam wollte mit Holzer reden. Bevor er jedoch wieder den ganzen Abend in der Kneipe verbringen mußte, versuchte er, ihn zu Hause anzutreffen. Rübsam hatte Glück, Holzer war zu Hause. Er bat den Beamten einzutreten. Im Wohnzimmer herrschte eine gemütliche Unordnung, Die Wände waren mit Regalen voller Bücher bedeckt, überall lagen Bücher herum.

„Setze Sie sich, Kommissar", sagte Holzer und räumte einen Sessel frei.

Rübsam setzte sich. Holzer hatte gerade Kaffee gekocht und brachte zwei Tassen.

„Sinn Sie weidergekomme Kommissar?"

„Ich denke schon", sagte Rübsam, „wir wissen, daß der Tote Jan Bunk ist und ein Stasiagent war."

Holzer schien nicht überrascht. Er nickte nur.

„Vor zehn Jahrn hadd der MAD hier ermiddelt, die gawe jedoch schnell auf. Jan war kurz vorher verschwunde, irschendjemand hat den wohl gewarnt. "

„Herr Holzer", fragte Rübsam unverblümt, „wissen Sie etwas über den Tod von Jan Bunk?"

„Donnerwetter, jetzt wird's offiziell", sagte Holzer, „Hauptkommissar, ich hab ewe erst, dursch Sie, vom Tod Jan Bunks erfahrn, wie kann isch also was davon wisse? Isch geb zu, daß misch Ihre Informatione net sehr überrascht hamm, ich hat so was schonn geahnt."

„Was verstehen Sie unter geahnt, welche Gründe hatten Sie für Ihre Ahnung?"

„Jan Bunk hat gefährlisch gelebd, so war der schon als kleiner Bub, immer volles Risiko. Dat der für en Geheimdienst gearbeided hat, konnt isch mer denke, er war ja schließlisch en Grenzgänger zwische Ost und West. Et gehört net viel Phantasie dazu, sich auszumale, daß solsche Leut von Geheimdienste beider Seite angesproche wern. Für welchen Geheimdienst er arbeitete, dat wußt isch allerdings net. Vielleicht hat er auch für alle zwei Seite gearbeitet. Wer weiß et?"

Rübsam stutzte, daß wäre eine ganz neue Situation.

„Sie halten es wirklich für möglich, daß Jan Bunk auf zwei Hochzeiten getanzt hat?"

„Zugetraut hät isch ihm dat", sagte Holzer, „man kann et net wisse, Mensche sind zu unterschiedlisch, sie denken manschmal zu verquer. Et ist schwer, sich in die Welt eines annern zu versetze. Et geht meistens schief."

„Nemme Sie zum Beispiel Josef Stalin", setzte Holzer seine Ausführungen fort, „der hadd mit Hitler einen Nischtangriffspakt geschlosse, abber der hat ihm net getraut. Um in Erfahrung zu bringe, ob der Hitler vorhatt, in die Sowjetunion einzumarschiere, beauftragte er sei Spione, die Anzahl der Schafherde in Deutschland zu ermitteln. Als kei signifikant Änderung gegenüber dem letzte Jahr ermittelt wurd, war für Stalin klar, Hitler wird net einmarschiere. Kein Geheimdienst, kein Spion, die Stalin ständisch übber die Vorbereitungen des Einmarsches informierte, konnte ihn vom Gescheteil überzeusche. Als die Wehrmacht dann in de Sowjetunion einmarschiert is, zögerte Stalin tachelang. Der konnt sich einfach net vorstelle, daß mer Russland überfalle konnt, ohne ausreichend Winterbekleidung zu habbe. Vermutlich hat Hitler über die Winterbekleidung von sei Soldate kein Gedanke verschwendet. Sie sehe, mein Freund, wenn zwei Mensche übber dat gleiche Ereignis nachdenke, könne se zu total unterschiedliche Resultate komme."

Rübsam dachte eine Weile über das eben Gehörte nach, dann sagte er: "Hoffentlich kriegen wir den Fall in diesem Jahrtausend noch gelöst. Ich glaube es fast nicht, wir ermitteln erfolgreich, bringen immer neue Sachen in Erfahrung, aber der ganze Fall wird immer größer und unübersichtlicher."

Holzer lachte und sagte: " Bis zur Jahrdausenwende ist es ja noch en Weil."

"Ganze zwei Monate", sagte Rübsam, "das ist fast nichts."

"Sie sitze einem weit verbreitete Irrtum auf", sagte Holzer, "mir ham im Aucheblick de Oktober 1999 und all Welt glaubt, daß am Jahreswechsel 1999/2000 auch dat Jahrdausend wechselt. Dat ist aber net rischtig, denn unser Zeitrechnung beginnt mit dem Jahr eins und net, wie uns jeder glauwe mache will, mit dem Jahr Null. An Christi Geburt begann dat Jahr eins. Am kommende Silvester sind dann exakt 1998 Jahr vergange."

"Das bedeutet ja, daß der Jahrtausendwechsel erst am Jahreswechsel 2000/2001 statfindet", sagte Rübsam.

"Genau dat bedeutet et."

„Aber überall wird doch mit dem Jahrtausendwechsel geworben, die Medien stimmen uns doch schon geraume Zeit auf dieses Ereignis ein", sagte Rübsam, „sind die denn alle blöd?"

„Dat ist sicher der falsch Ausdruck, aber Sie mache en Fehler, den Sie als Kriminaler nie mache dürfe, Sie nehme en Tatsachenbehauptung ungeprüft als wahr an. Wat dabei rauskommt hawwe Sie grad gesehe."

Rübsam hatte den Verdacht, daß Holzer ihm mit seinen Geschichten etwas sage wollte. Fleuth hatte in jedem Fall recht, Holzer war ein interessanter und anregender Gesprächspartner. Sie unterhielten sich noch eine Weile über die Tagespolitik, dann verabschiedete sich Rübsam und ging zum Hotel zurück. Ihm taten die Beine weh, er war lange nicht mehr soviel zu Fuß gelaufen, aber Auto fahren war in dieser Stadt der reine Horror. Abgesehen davon, daß es keine Parkplätze gab, war man zu Fuß einfach schneller, es sei denn, man mußte die Straße überqueren, dann hatte man verloren. Von Fußgängerampeln hatte man anscheinend noch nichts gehört. Rübsam verhielt sich genauso wie in Paris, Augen zu und einfach auf die Straße treten.

Dreck hatte bei Erich Bunk angerufen, dem Bruder von Jan. Er wollte die Angaben der Stasiakte überprüfen. Erich Bunk war zu Hause und erinnerte sich noch sehr gut an das Ende der sechziger Jahre, als sein Bruder, über Jahre, im Sommer mehrere Wochenenden hintereinander zu Besuch gekommen war. Er hatte damals geschäftlich in Westberlin zu tun, so hatte er gesagt, sich aber nie weiter über die Art der Geschäfte ausgelassen.

Da hat er seine militärische Ausbildung gemacht, dachte Dreck. Nicht schlecht. Rübsam betrat das Hotel und berichtete von seinem Besuch bei Holzer.

„Jetzt hackt's aber", sagte Dreck, als Rübsam mit der Theorie des Doppelagenten kam.

5. Kapitel

Hans Hecht hatte durch einen Anruf bei seinen Eltern erfahren, daß der aufgefundene Tote Jan Bunk war. Vorher hatte er mit seiner Frau ferngesehen. Nach dem Anruf konnte er sich nicht mehr auf den Film konzentrieren. Er holte sich ein Bier aus dem Kühlschrank und ging in sein Zimmer. Bilder aus der Vergangenheit schossen ihm durch den Kopf. Hechts Elternhaus war in den 60ern das Nachbarhaus der Bunks gewesen. Hecht war zusammen mit den Bunk-Jungen groß geworden. Er hatte das gleiche Alter wie Erich Bunk und war mit ihm befreundet. Als sie neun oder zehn Jahre alt waren, gründeten sie eine Bande. Jan Bunk war der Bandenchef, kraft seines Alters stand ihm das zu. Erich und Hans waren schon im Kindergarten zusammen gewesen, später gingen sie in die gleiche Klasse der Volksschule. All diese Szenen schossen Hans durch den Kopf. Er erinnerte sich noch genau an den Tag, an dem die Bunks verschwunden waren.

Erich und er waren damals im dritten oder vierten Schuljahr. Die Bunks hatten gerade gebaut und wohnten im Rohbau. Hans fand das damals sehr spannend. Er war oft bei den Bunks, obwohl sie jetzt am anderen Ende des Dorfes wohnten. Am Tag vor dem Verschwinden hatten Hans und Erich Geld gesammelt, für das Müttergenesungswerk. Sie waren den ganzen Tag im Dorf unterwegs gewesen, von Haus zu Haus waren sie gegangen und hatten kleine Papierröschen für eine Mark verkauft. Stolz waren sie, als alle verkauft waren. Sie freuten sich auf den nächsten Tag, auf die Schule, sie waren bestimmt die einzigen, die alles verkauft hatten.

Hans wartete wie jeden Morgen auf Erich. Es war schon nach 8°° Uhr, als Hans alleine in die Schule ging. Erich fehlte unentschuldigt. Sein Bruder Jan war ebenfalls nicht in der Schule. Als er am Mittag nach Hause kam, hörte er von seiner Mutter, daß die Familie Bunk, bis auf Jan, in die DDR übergesiedelt oder wie man im Dorf sagte, abgehauen war. Hans dachte am Anfang, na gut, die sind verreist und verstand nicht, warum man im Dorf so ein Aufhebens davon machte. Später merkte er, daß der Wegzug endgültig war, aber da war das Bild von seinem Freund Erich schon merklich verblaßt.

Ein paar Jahre später, Jan fuhr inzwischen regelmäßig in die DDR, sprach ihn Hans, immer wenn sie sich trafen, auf Erich an. So erfuhr Hans, daß Erich eine Lehre gemacht hatte und ein paar Jahre in Rußland gearbeitet hatte. Er hatte ihm auch ein paarmal geschrieben, aber nie eine Antwort erhalten. Irgendwann hatte er es dann aufgegeben.

1974 geschah dann jene merkwürdige Geschichte, die Hans bis heute umtrieb. Hans war damals bei der Bundeswehr gewesen. Es war gegen Ende seiner zweijährigen Dienstzeit. Freitagabends war er in das Gasthaus Kasper gegangen. Er hatte sich mit Freunden verabredet und es ging an diesem Abend hoch her. Irgendwann hatte auch Jan Bunk die Gastwirtschaft betreten, er hatte Hans kurz zugenickt und dann am Tresen Bekannte gefunden, mit denen er sich angeregt unterhielt. Irgendwann an diesem Abend war Jan Bunk, Hans Hecht auf die Toilette gefolgt. Sie standen nebeneinander am Pissoir und redeten über Erich. Als Jan sicher war, daß niemand ihnen zuhören konnte, fragte er nach der Bundeswehr und nach den beruflichen Plänen von

Hans. Er versuchte, Hans recht heftig davon zu ü-
berzeugen, daß er bei der Bundeswehr einen siche-
ren Arbeitsplatz habe, und riet ihm dringend zu einer Verlängerung, wenn möglich solle er Berufssoldat werden. Hans, der die Entscheidung gegen die
Bundeswehr längst getroffen hatte, sagte, um seine
Ruhe zu haben, nicht allzuviel dazu und versprach,
sich die Sache zu überlegen. Jan legte dann noch
einen drauf, in dem er ihm für den Fall einer Weiter-
verpflichtung einen lukrativen Nebenjob in Aussicht
stellte. Hans war mit einem Schlag hellwach und
stocknüchtern gewesen.
Was war das für ein Angebot?
Siedendheiß fiel ihm ein, daß Jan durch seine stän-
digen DDR – Reisen für Geheimdienste ein sehr
interessanter Mann sein mußte. Hans, durch seine
Militärzeit für Anwerbungen durch Geheimdienste
sensibilisiert, überlegte, was er jetzt tun bzw. wie er
sich verhalten mußte. Er analysierte seine Lage. Es
gab eigentlich nur zwei Möglichkeiten. Die erste
Möglichkeit war die wahrscheinlichere: Jan Bunk
arbeitete für die Stasi. Er mußte, als Angehöriger der
Bundeswehr und Offiziersanwärter, den Anwerbeversuch seinem Vorgesetzten melden. War Jan wirklich ein Stasiagent, dann würde er für Jahre im
Knast verschwinden. Die andere Möglichkeit war,
daß er für den MAD arbeitete und daß es sich bei
dem Anwerbeversuch um eine Sicherheitüberprü-
fung handelte. Man wollte testen, wie er sich verhielt. Hans war erst vor ein paar Wochen von zwei
Mitarbeitern des MAD durch die Mangel gedreht
worden, weil ein ehemaliger Klassenkamerad Mit-
glied beim KBW (Kommunistischer Bund West-
deutschland) geworden war. Vielleicht überprüfte der
MAD das gesamte Umfeld dieses Kameraden. Diese

Gedanken schossen Hans in Bruchteilen von Sekunden durch den Kopf.

Sie waren inzwischen zum Tresen gewechselt. Jan hatte zwei Biere bestellt. Hans überlegte, wie er sich verhalten sollte. Einerseits wollte er Jan nicht in Schwierigkeiten bringen, andererseits mußte er sich selber schützen. Hans beschloß, sich tot zu stellen. Er bestellte zwei Wacholder, die ortsübliche Droge, die von den Einheimischen gerne zur Erlangung eines Vollrausches benutzt wurde. Er prostete Jan zu und kippte den Stoff in einem Zug weg.

„Auf einem Bein kann man nicht stehen, mach noch zwei von dem Stöffchen", rief er dem Wirt zu, der sich heftig wunderte, da Hans sonst nie Schnaps trank.

So erreichte Hans innerhalb von kürzester Zeit den Zustand der Volltrunkenheit. Einen Zustand, in dem es erlaubt ist, dummes Zeug zu schwätzen und auf das Gerede seines Gegenübers nicht einzugehen. Hat der Gegenüber den gleichen Zustand erreicht, so kann man stundenlang, ohne einen vernünftigen Satz zu sagen, aneinander vorbeireden. Am nächsten Tag wußte in der Regel keiner mehr, was Ambach war.

„Nicht zu wissen was Ambach war", war ein Westerwälder Ausdruck für „nicht wissen was los ist oder war".

Neudeutsch würde man vielleicht sagen „ er weiß nicht, was Masse ist".

So war das damals gewesen. Hans war Jan danach aus dem Weg gegangen und hatte auch nie wieder mit ihm gesprochen. Gesehen hatte er Jan öfter, achtete jedoch er auf einen gewissen Abstand. Er hatte den Eindruck, daß auch Jan einen Bogen um ihn machte. Dies alles ging Hans durch den Kopf, während er, biertrinkenderweise in seinem Zimmer saß. Er war überrascht, wie nahe ihm die Ereignisse waren, er wohnte doch nun schon fast zwanzig Jahre In Dortmund, und doch berührten ihn die damaligen Vorkommnisse auf eine seltsame Art und Weise.

Heute war Hans überzeugt, daß Jan für die Stasi gearbeitet hatte. Er überlegte, ob er sein Wissen preisgeben sollte, es war für die Klärung des Mordes sicher wichtig. Jan war tot, ihm konnte nichts mehr geschehen. Erich wohnte wohl wieder in der Stadt, wie er von seinen Eltern erfahren hatte. Hans hatte beschlossen, von sich aus keinen Annäherungsversuch zu machen. Erich Bunk konnte eine Preisgabe seines Wissens auch nicht schaden. Vielmehr mußte er ein Interesse haben, den Mörder seines Bruders vor Gericht zu stellen.

In dem Telefongespräch mit seinen Eltern hatte Hans Hecht erfahren, daß die beiden Kripobeamten, die die Ermittlungen durchführten, im Hotel Westerwald abgestiegen waren. Hans nahm sich vor, am nächsten Morgen, heute war es schon zu spät, die Beamten anzurufen und einen Termin auszumachen. Nachdem Hans vom Wirt die Handynummer des Hauptkommissars erfahren hatte, rief er ihn an und verabredete sich für den nächsten Tag.

Hauptkommissar Dreck hatte den Morgen im Gastraum des Hotels zugebracht, um mit Rübsam einen vorläufigen Bericht zu erstellen. Rübsam hatte seinen Laptop aufgebaut und versuchte das, was der Hauptkommissar verbal von sich gab, in den Laptop zu tippen. Man merkte, daß Berichte verfertigen eine der Liebligstätigkeiten des Hauptkommissars war. Rübsam platzte dann auch irgendwann der Kragen.

„Hauptkommissar", sagte er, „was halten Sie davon, wenn ich den Bericht heute Abend alleine anfertige, Sie können ihn dann morgen lesen und gegebenenfalls korrigieren."

„Ausgezeichnete Idee, mein lieber Rübsam, warum bist du da nicht schon früher draufgekommen?" sagte der Hauptkommissar.

Er sah auf die Uhr.

„Gleich ist es Mittag, bin gespannt, ob dieser Hecht kommt und was er uns zu erzählen hat."

„Wenn er extra von Dortmund hierher kommt, dann, denke ich, muß es schon wichtig sein", meinte Rübsam.

„Das ist die Frage, ob der extra deswegen hierherkommt. Ich meine im Hinterkopf zu haben, daß er zufällig in der Gegend ist."

Hans Hecht fuhr unterdessen in Burbach von der A 45 ab. Am Burbacher Stich mußte er in den dritten Gang zurückschalten. Immer wieder beeindruckend, dachte er, man sieht diesen Steigungen einfach nicht an, wie steil sie sind. Man denkt immer, mit dem Auto stimmt was nicht.

Er dachte an das bevorstehende Gespräch mit Hauptkommissar Dreck. Er überlegte, ob man ihn für sein Schweigen in der fraglichen Angelegenheit bestrafen konnte. Wenn er jetzt mit dem Hauptkommissar redete, dann war das damalige Besäufnis ja umsonst gewesen, denn er gestand ja jetzt ein, daß er den Anwerbeversuch als solchen erkannt hatte. Sicherheitshalber, dachte er, würde er mit dem Hauptkommissar alleine reden, ohne Zeugen, notfalls konnte er dann alles widerrufen. Ja, so würde er es machen. Hecht fand keinen Parkplatz an der Hauptstraße, er fuhr zum großen Platz am Feuerwehrhaus und parkte dort. Um fünf vor zwölf betrat er das Hotel. Da die beiden Kriminalisten die einzigen Gäste waren, ging Hecht auf sie zu und sprach sie an.

Hauptkommissar Dreck stellte sich und Rübsam vor, dann setzte man sich. Dreck hatte dem Wirt mitgeteilt, daß sie sich alleine unterhalten wollten. Der Wirt hatte ihm daraufhin ein benachbartes Zimmer zur Verfügung gestellt.

„Sie wollen bestimmt nach der langen Fahrt etwas trinken?" fragte Rübsam.

„Nein, von mir aus können wir sofort anfangen. Allerdings hätte ich eine Bitte", sagte Hecht an den Hauptkommissar gewandt, „ich möchte mit ihnen alleine reden". Zu Rübsam gewandt sagte er: „Seien Sie nicht böse, junger Mann, es hat nichts mit Ihrer Person zu tun, es hat formaljuristische Gründe."

„Kommen Sie", sagte Dreck und führte Hecht in den Nebenraum.

Sie setzten sich an den Tisch und Hecht erzählte seine Geschichte. Der Hauptkommissar hörte, ohne zu unterbrechen, aufmerksam zu.

Als Hecht zum Ende gekommen war, schwiegen beide eine Weile, dann sagte Hauptkommissar Dreck: „Ich bedanke mich für Ihre Offenheit und die Umstände, die sie sich gemacht haben, Herr Hecht. Ihre Ausführungen haben das Bild von Jan Bunk in einigen Bereichen entscheidend abgerundet. Konsequenzen wird es für Sie nicht haben, da uns bekannt war, daß Bunk für die Stasi arbeitete. In diesem Punkt brauchen wir uns nicht auf Ihre Aussage zu stützen."

„Das ist ja prima", sagte Hecht.

„Ein paar Fragen hätte ich allerdings noch. Haben Sie mitgekriegt, ob andere Leute angeworben wurden oder ob es andere Anwerbungsversuche gab?"

„Nein", sagte Hecht, „ich habe nichts dergleichen wahrgenommen, konnte es auch nicht mitkriegen, da ich Jan Bunk nach besagtem Ereignis aus dem Wege ging."

„Herr Hecht, was fällt Ihnen bei dem Wort Milch ein?"

Hecht schaute den Hauptkommissar verständnislos an.

„Milch", sagte Hecht immer noch irritiert, „Milch ist eine weiße, fetthaltige Flüssigkeit, die nach dem Gebären aus weiblichen Menschen und allen weiblichen Tieren, die der Gattung der Säugetiere angehören, herauskommt. Soll ich weitermachen, Herr Hauptkommissar?"

„Um Gottes Willen", rief Dreck lachend.

„Wollten Sie mich jetzt auf den Arm nehmen?" fragte Hecht.

„Nein, die Frage hatte einen ernsten Hintergrund, genau wie die nächste Frage."

„Und wie lautet Ihre nächste Frage?"

„Was fällt ihnen bei dem Wort Lourdes ein?"

„Lourdes, Lourdes ist ein Wallfahrtsort in Südfrankreich, katholisch", sagte Hecht, wobei er grinste.

„Warum grinsen Sie", fragte der Hauptkommissar.

„Mir schoß gerade etwas durch den Kopf."

„Und", fragte Dreck gespannt, „hatte es mit Lourdes zu tun?"

„Ja", sagte Hecht, „es ist eine Anekdote und sie hat mit Lourdes zu tun."

„Erzählen Sie die Anekdote, vielleicht kann ich was damit anfangen."

„Hören Sie, Hauptkommissar, die Geschichte hat nichts mit Jan Bunk zu tun, sondern nur etwas mit Lourdes."

„Macht nichts", sagte der Hauptkommissar, „ich möchte sie trotzdem hören."

„Wenn Sie unbedingt wollen."

„Es war im Jahre 1968, mein damaliger Mitschüler Josef und ich arbeiteten, in den Sommerferien in einer Fabrik. Es war eine beschissene Arbeit. Irgendwelche Teile mußten im Akkord hergestellt werden. Josef wollte drei Wochen arbeiten und dann, die letzten drei Wochen, mit einer Jugendgruppe nach Südfrankreich fahren. Nach drei Wochen fuhr Josef dann nach Frankreich und ich arbeitete alleine weiter. Als die Ferien vorbei waren, traf ich Josef und fragte nach seiner Reise. Er schilderte die Reiseerlebnisse in den schillerndsten Farben. Ich fragte dann, ob er auch an das Lourdes - Wasser gedacht hatte, daß seine Tante und ihre Freundin bestellt hatten. Ich hatte damals zufällig mitgekriegt, wie Josefs Tante für sich und ihre Freundin „heiliges Wasser vom Wallfahrtsort Lourdes", bei Josef bestellt hatten. Josef hatte versprochen, 2 Flaschen von dem heiligen Wasser mitzubringen.

Josef fing schallend an zu lachen und erzählte, daß ihm auf dem Rückweg die Bitte seiner Großmutter wieder eingefallen sei. Und da er gerade mit seinen Freunden, um die Zugfahrt zu verkürzen, „am Humpen" saß, er drückte sich des öfteren so aus, habe man sich, in einem Stadium, als der Urin schon klar war, entschlossen, zwei Flaschen vollzupinkeln. Dies wurde zur Gaudi aller Abteilinsassen dann auch durchgeführt. Später, wenn Josef mit seinen Kumpanen „am Humpen" saß, wurde die Geschichte immer wieder erzählt, man malte sich aus, wie die alten Frauen sich jahrelang mit Josefs Pisse bekreuzigt haben."

„Das war's", sagte Hecht, „deshalb mußte ich eben grinsen."

„Merkwürdiger Zeitgenosse, dieser Josef, sehr merkwürdig.

War die Geschichte allgemein bekannt?" fragte Dreck.

„Allgemein sicherlich nicht", sagte Hecht, „die Kneipengänger und das Umfeld von Josef kannten sie natürlich."

„Gehörte Jan Bunk zu diesem Umfeld?"

„Im weitesten Sinne ja" , sagte Hecht.

„Er könnte die Geschichte also gekannt haben?" fragte Dreck.

„Es ist sogar sehr wahrscheinlich, daß er sie gekannt hat, Jan war ein Kneipengänger. Warum fragen Sie mich das alles, Hauptkommissar?"

„Nur um mir ein Bild zu machen von der damaligen Situation", antwortete Dreck.

„Haben Sie heute noch Kontakt zu diesem Josef?"

„Nein, unsere Wege trennten sich sehr schnell, wir hatten irgendwann nicht mehr die gleiche Wellenlänge."

„Wissen Sie, was er heute macht?" fragte Dreck.

„Soweit ich weiß, arbeitet er in irgendeiner Kommunalverwaltung",sagte Hecht.

Dreck war elektrisiert.

„Wie heißt dieser Josef mit Nachnamen?" fragte Dreck gespannt.

Hecht schaute ihn an und sagte: „Buchner, Josef Buchner."

6. Kapitel

Nachdem Hecht sich verabschiedet hatte, war der Hauptkommissar in die Gaststube gegangen und hatte sich an einem freien Tisch niedergelassen. Die Gaststube war gut gefüllt, denn es war Mittagszeit. Die Wirtin und ihre Hilfen waren im Streß. Ein allgemeines Gemurmel erfüllte den Raum. Das war genau das, was der Hauptkommissar jetzt brauchte. In einer solchen Atmosphäre konnte er am besten nachdenken. Die vielen Einzelelemente ergaben langsam ein Bild. Mit großer Wahrscheinlichkeit hatten sie einen der IMs gefunden. Dreck rief sich die Gauck - Akte ins Gedächtnis, dort war „IM Lourdes" als ein nicht sehr zuverlässiger Kandidat und Geschichtenerzähler beschrieben, der ein Alkoholproblem hatte. Man hatte seine Notlage Mitte der Achtziger ausgenutzt, um ihn anzuwerben. Nach einiger Zeit merkte man jedoch, daß seine Berichte aufgebauscht, zum Teil erfunden oder mehrere Ereignisse zusammengestoppelt waren.

Hauptkommissar Dreck rief bei seiner Dienststelle an und ordnete an, alles, was über Josef Buchner an Informationen zu kriegen war, zusammenzutragen. Vor allem mußte die Behörde ermittelt werden, in der er arbeitete. Rübsam betrat den Gastraum, den Laptop in der Linken, ein paar Bögen Papier in der Rechten. Er setzte sich zu Dreck und fragte nach der Aussage von Hecht.

„Ich glaube, IM Lourdes ist enttarnt", sagte Dreck.

Dann berichtete er Rübsam von dem Gespräch.

„Jetzt geht es vorwärts", sagte Rübsam, „was tun wir als nächstes?"

„Herausfinden, wer „IM Milch" ist", sagte Dreck, „ich kann mir vorstellen daß wir den Täter unter den IMs finden."

„Warum sollten die bzw. einer von ihnen Jan Bunk umbringen? Er hat sie doch gut behandelt, die Stasi bzw. jetzt die Gauck - Behörde wissen noch nicht einmal ihre Klarnamen."

Der Hauptkommissar schaute ihn mit großen Augen an.

„Rübsam, Sie haben eben ein mögliches Motiv für den Mord genannt."

„Ich habe ihnen Gründe genannt, die gegen einen Mord durch die IMs sprechen, von einem Motiv kann ich nichts erkennen."

„Mann Rübsam, du bist doch sonst nicht auf den Kopf gefallen, streng deine kleinen grauen Zellen doch mal an! Stelle dir die Situation nach der Wende vor. Die beiden IMs wissen, daß es in Ostberlin keinerlei Informationen über sie gibt. Sie könnten sich sicher fühlen, wenn da nicht Jan Bunk wäre, der kennt nämlich die Klarnamen von IM Milch und IM Lourdes, und Jan Bunk ist ein Offizier im besonderen Einsatz gewesen, über den mit Sicherheit bei der Stasi jede Menge Unterlagen existieren. Die beiden müssen davon ausgehen, daß nach Jan Bunk gefahndet wird, daß er gefaßt wird. Und dann, Rübsam, dann ist fraglich, ob Jan Bunk dichthält. Josef Buchner ist wahrscheinlich IM Lourdes, ein kleiner Beamter nur, aber eine gesicherte Existenz. Im Falle einer Verhaftung bzw. Anklage wäre alles was er erreicht hat gefährdet. Der Mann hat nichts gelernt, alle Ausbildungen abgebrochen, eigentlich eine verkrachte Existenz. Aus seiner Sicht steht für ihn alles auf dem Spiel."

„So habe ich das noch nicht gesehen", sagte Rübsam, „aber Sie haben Recht, der einzige, der die beiden IMs enttarnen konnte, war Jan Bunk, und der ist tot. Die IMs können sich jetzt sicher fühlen."

„Wir sollten uns aber den Blick für das andere Umfeld, das normale geschäftliche Umfeld, nicht verstellen, denn Jan Bunk hat auch Geschäfte gemacht", sagte Dreck.

„Aber keiner weiß, mit wem. Könnte das Finanzamt uns da nicht weiterhelfen?"

„Gute Idee, Rübsam, das zuständige Finanzamt ist, soviel ich weiß, in Hachenburg", sagte Dreck, „und jetzt: schwing die Hufe."

Rübsam übergab dem Hauptkommissar den Laptop und seinen Bericht mit der Aufforderung, ihn zu lesen und gegebenenfalls Korrekturen vorzunehmen, dann fuhr er nach Hachenburg. Er war froh, aus der Stadt herauszukommen, und genoß die Fahrt.

Ohne große Probleme fand er vor dem Finanzamt einen freien Parkplatz. Logisch, dachte er, freiwillig kommt hier keiner hin. Er erkundigte sich nach dem zuständigen Sachbearbeiter und wurde in den zweiten Stock verwiesen. Das Schild an der Tür verriet, daß der Sachbearbeiter für die Buchstaben A,B,C zuständig war. Rübsam klopfte und trat ein. Zu seiner großen Überraschung arbeitete hier eine junge Dame, die nach allem Möglichen aussah, nur nicht nach Finanzamt. Er grüßte, stellte sich vor und trug sein Anliegen vor. Die junge Frau hörte ihm interessiert zu.

„Hört sich nach etwas Abwechslung an", sagte sie, „ich werde Ihnen mit Vergnügen helfen, Herr Rübsam."

Sie gingen in das Archiv und wurden innerhalb kürzester Zeit fündig. Es gab mehrere Ordner über die

Firma Bunk. Rübsam begnügte sich mit den Jahren 87/88.

Sie setzten sich an einen Tisch, und die zuvorkommende Finanzbeamtin half ihm beim Aktenstudium. Es stellte sich heraus, daß die Steuerakten außerordentlich gut geführt waren. Rübsam meinte, daß dies eher ein Indiz gegen Bunk als für ihn sei. Schließlich wäre es geradezu fahrlässig gewesen, einen Agenten wegen Steuergeschichten zu gefährden. Die Finanzbeamtin sah das ein.

Aus den Akten ging hervor, daß Jan Bunk gelegentlich für einige kleine regionale Firmen gearbeitet hatte, seine Haupteinnahmequelle war jedoch eine österreichische Firma gewesen, die jeden Monat fünf bis zehntausend Mark Honorargebühren überwiesen hatte. Die Firma hieß Soltan.

Rübsam holte sich sicherheitshalber einen Ordner aus dem Jahre 1980. Es war auch hier die Firma Soltan, die die Haupteinnahmequelle der Firma Bunk gewesen war.

Rübsam war zufrieden.

Nachdem er die Finanzbeamtin zum Essen eingeladen hatte, diese aber abgelehnt hatte, fuhr er wieder zurück. Während der Fahrt rief Rübsam in seiner Dienststelle an und bat die Kollegen, die Firma Soltan zu überprüfen, möglichst auch bei der Gauck - Behörde. Rübsam war noch unterwegs, als das Telefon läutete. Die Kollegen hatten bei der Gauck - Behörde angefragt und sofort den mündlichen Bescheid erhalten, daß es sich bei der österreichischen Firma Soltan um eine reine Stasifirma gehandelt habe. Sie hatte ihre letzte große Rolle bei der Verschiebung von DDR - Vermögen ein Jahr nach der Wende gespielt. Jetzt war sie aus dem österreichischen Handelsregister gestrichen. Rübsam dankte seinen Kollegen für die prompte Erledigung und fand ausnahmsweise einen Parkplatz neben dem Hotel. Er eilte zu Hauptkommissar Dreck, der sich auf sein Zimmer zurückgezogen hatte.

„Hauptkommissar", rief er, nachdem Dreck die Tür geöffnet hatte, „Volltreffer, die Firma Bunk war eine Tarnfirma der Stasi."

Rübsam erzählte Dreck, was er herausgefunden hatte. Langsam rundete sich das Bild. Jan Bunk hatte nicht nebenher ein wenig gespitzelt, er hatte hauptberuflich für die Stasi gearbeitet. Es gab, alleine hier in der Stadt, zwei IMs, die lange unter seiner Führung gearbeitet hatten. Die Decknamen von fünf weiteren Quellen waren bekannt. Ein Mordmotiv im normalen Geschäftsleben war nicht zu finden, da die Geschäfte einfach zu unbedeutend gewesen waren. Wenn man das Hauptmotiv für Mord, Eifersucht und Liebe, beiseite ließ, und das konnte man wohl, da Jan Bunk in seinen letzten Monaten kaum noch vor die Tür gegangen war, dann blieb nur noch die Stasigeschichte.

Was war im November 1990 an der Grillhütte geschehen? Hatte einer der IMs Jan Bunk aus Gründen der eigenen Sicherheit umgebracht?

Unwahrscheinlich, da der Mörder die Tat besser geplant hätte. Die Leiche wäre dann besser versteckt worden. Es war ein Wunder, daß sie nicht schon früher gefunden worden war. Sie hätte zum Beispiel bei der Renovierung der Grillhütte entdeckt werden können.

„Rübsam, ruf den Bürgermeister an und frage, wann die Grillhütte damals renoviert worden ist."

Rübsam telefonierte.

„Die Grillhütte ist nach Auskunft des Bürgermeisters im Oktober 1990 renoviert und elektrifiziert worden."

Der Hauptkommissar schaute lange vor sich hin, dann sagte er: "Weißt du, welche Frage mich von Anfang an beschäftigt hat, Rübsam?"

„Nein", sagte Rübsam.

„Die Frage liegt aber auf der Hand, sie lautet, warum wurde die Leiche neben der Grillhütte begraben?"

„Wenn wir das wissen, dann haben wir den Mörder."

„Eine mögliche Erklärung habe ich eben gefunden. Nehmen wir einmal an, der Mörder ist eine Frau oder ein schwächlicher Mann. Er oder sie trifft Jan Bunk an der Grillhütte. Sie geraten in Streit, im Zuge dieses Streits wird Jan Bunk erschlagen. Der Mörder hat jetzt ein Problem, er hat kein Fahrzeug in der Nähe, außerdem ist er körperlich zu schwach, die Leiche wegzutragen. Was bleibt ihm, er muß die Leiche an Ort und Stelle verschwinden lassen. Sicher, er hätte die Leiche vielleicht hundert oder zweihundert Meter in den Wald ziehen können, er hätte aber dann ein neues Problem gehabt. Er hat keine Schaufel oder Hacke, und der Boden ist durch die vielen Besucher festgetreten. In dieser Situation sieht er hinter der Grillhütte den zwei, drei Wochen vorher zugeworfenen Graben, in dem das Stromkabel verlegt worden ist. Die Erde ist noch ganz locker. Er nimmt die Hände und legt den Graben wieder frei. Leiche hinein und Graben zu. Vorher hat er dem Toten alles, was zur Identifizierung dienen kann, abgenommen, Er hofft, daß die Würmer ihre Arbeit tun, da die Leiche ja nicht allzu tief liegt."

Dreck sah Rübsam erwartungsvoll an.

Der hatte interessiert zugehört.

Dann sagte er: „Bravo, Hauptkommissar, so kann, nein, so muß es gewesen sein. Eine andere Erklärung kann es nicht geben."

Rübsam hatte wieder einmal einen Zug durch die Kneipen der Stadt gemacht, er versuchte, unauffällig Informationen über Josef Buchner einzuholen. Im großen und ganzen war dies nicht sehr ergiebig. Er hörte fast nur Sachen, die er selber schon wußte. Buchner war ein häufiger Kneipenbesucher gewesen, der jede Menge trank. Er galt bei den Einheimischen als labiler Mensch. Er hatte alle Ausbildungen mehr oder weniger abgebrochen, bzw. abbrechen müssen, weil er gefeuert worden war. Mitte der achtziger Jahre machte er seine eigene Kneipe auf. Wer ihn kannte, der ahnte, wie das enden würde. Buchner wurde sein bester Gast. Er hielt das Geld, das in der Kasse war, für seinen Gewinn. Nach wenigen Monaten war das Trauerspiel beendet. Danach war er arbeitslos, unterbrochen von Gelegenheitsarbeiten. Ende der achtziger Jahre war er verschwunden. Man hörte, daß er in einer Verwaltung als Bürodiener arbeitete.

Der Hauptkommissar war in Sachen Josef Buchner auch nicht untätig gewesen. Er hatte sich mit ihrem Wirt unterhalten und hatte ähnliches erfahren wie Rübsam. Kühn meinte, daß die Eltern wohl überfordert gewesen waren. Schule und Ausbildungen waren gescheitert, nicht weil er zu dumm war, sondern weil Faulheit und hoher Alkoholkonsum immer wieder zu den Abbrüchen geführt hatten. Dreck verstand, warum selbst die Stasi mit ihm nicht viel anfangen konnte. Im Übrigen war die Frage, was es aus einer kleinen Stadt mitten im Westerwald zu berichten gab, immer noch offen. Er rief in seiner Koblenzer Dienststelle an und erkundigte sich nach dem Arbeitsplatz von Josef Buchner. Der Kollege teilte ihm mit, daß Buchner in einer Stadtverwaltung in der Nähe von Mainz arbeitete. Dreck hatte seinen Polizeidienst vor 25 Jahren in Mainz begonnen, er freute sich auf sein altes Revier und beschloß, am nächsten Tag mit Rübsam nach Mainz zu fahren.

7. Kapitel

Liter und Pitton saßen in der Gaststätte Kaspar an einem der hinteren Tische, wo man sich gerne hinsetzte, wenn man etwas zu bereden hatte, was nicht für jedermanns Ohren bestimmt war. Andererseits wußte jeder, der mit den Gepflogenheiten der Stadt vertraut war; wenn zwei Stadträte an einem dieser Tische sitzen, dann wird wieder was ausgekungelt, zumal, wenn es sich hier auch noch um die Fraktionsvorsitzenden handelt. Holzer, der auch in der Gaststätte war, hatte den Tisch der beiden fest im Auge.

Isch gäb wat drum, wenn isch wüßt, wat die da hinne widder auskungeln, dachte er.

Aber er hatte keine Chance, jeder, der sich dem Tisch näherte, wurde rechtzeitig wahrgenommen, und man konnte das Thema wechseln. Holzer sah nur, daß Liter auf Pitton einredete und der gelegentlich den Kopf schüttelte oder nickte. Pitton sagte jetzt zum dritten Mal: „Ich bin der Ansicht, daß wir die Polizei ihre Arbeit machen lassen sollten. Wir können es nicht ändern, wenn Einwohner der Stadt in Stasigeschichten verwickelt sind. Im Übrigen sehe ich auch nicht, warum das so schlimm für die Stadt sein soll. Wir sind zwar ständig in der Zeitung, aber Negativwerbung ist auch Werbung, wir haben doch nichts verkehrt gemacht. Was können wir dafür, daß ein Bewohner für die Stasi gearbeitet hat?"

„Ich wiederhole noch einmal", sagte Liter, „ der Imageschaden für unsere Stadt ist nicht wieder gut zu machen. Die Arbeit von Jahren war umsonst."

„Das hast du jetzt alles schon dreimal gesagt, was soll ich deiner Meinung nach tun?" fragte Pitton.

„Deine Beziehungen spielen lassen, ihr Liberalen seid doch mit in der Regierung, ihr stellt doch den Innenminister, du kennst Hinz und Kunz im Innenministerium, der Innenminister ist angeblich dein Freund", sagte Liter. „Die müssen doch diese verrückten Stasiermittlungen stoppen können!"

„Natürlich kenne ich eine Menge Leute im Ministerium", sagte Pitton geschmeichelt.

Pitton versprach, einen Versuch zu machen.

Am nächsten Morgen hatte Dreck in der Stadtverwaltung, wo Buchner arbeitete, angerufen und eine Weile mit dem Verwaltungsdirektor geredet. Sie waren übereingekommen, Buchner, der Dienst hatte, an seinem Arbeitsplatz zu befragen.

Dreck und Rübsam fuhren los und kamen gegen elf bei der Verwaltung an. Da Dreck den Weg kannte, hatten sie keine große Mühe gehabt. Sie sprachen bei dem Direktor vor, der ein recht umgänglicher Mann war. Dreck hatte ihn morgens über den Verdacht gegen einen seiner Beamten informiert, er hatte explizit von einem Verdacht gesprochen.

Der Direktor stellte den beiden Kriminalen einen Raum zur Verfügung und ließ Josef Buchner kommen. Es war abgesprochen, daß er bei der Befragung anwesend war. Die drei Herren hatten sich gerade an einen Tisch gesetzt, als es klopfte und Josef Buchner eintrat. Er war groß und irgendwie verfettet. Man sah ihm an, daß er sich nicht wohl in seiner Haut fühlte. Der Direktor stellte die beiden Herren vor und bat Buchner, Platz zu nehmen. Buchner war deutlich beunruhigt. Der Hauptkommissar stellte ein kleines Tonbandgerät auf den Tisch und schaltete es ein.

„Herr Buchner", begann der Hauptkommissar, „wir ermitteln im Mordfall Bunk, Jan Bunk. Sagt Ihnen der Name etwas?"

„Jan Bunk stammt aus meiner Heimatstadt. Er ist tot? Ermordet?"

„So ist es", sagte der Hauptkommissar.

„Warum kommen Sie zu mir? Ich kannte Jan Bunk kaum, ich kannte ihn halt so, wie man sich kennt, wenn man in einer kleinen Stadt wohnt und nicht viel miteinander zu tun hat. Außerdem wohne ich seit sieben Jahren nicht mehr dort."

„Herr Buchner, wir wissen, daß Sie IM Lourdes sind." Buchner wurde erst rot und dann bleich. Er war sichtlich aus dem Konzept gebracht. Buchners graue Zellen rotierten. Wenn die im Mordfall Bunk zu ihm kamen und auch seinen Stasidecknamen kannten, dann wußten sie sowieso alles.

„Dann hat er also doch meinen Klarnamen weitergegeben, das Schwein, dabei hat er hoch und heilig versprochen zu schweigen."

Der Hauptkommissar und Rübsam schauten sich an.

„Sie geben also zu, IM Lourdes zu sein", fragte Dreck.

„Das wissen Sie doch. Sie wissen doch sowieso alles."

„Stimmt", sagte Rübsam, „aber Jan Bunk hat sein Versprechen gehalten, er hat Sie nicht verraten."

Jan Bunk war Rübsam in den letzten Tagen immer sympathischer geworden, er wollte nicht, daß er jetzt als Verräter dastand. Buchner schaute ungläubig.

„Wie kann das?" fragte Buchner.

„Er war der einzige der meinen richtigen Namen kannte."

„Es war eine Vermutung von uns", sagte der Hauptkommissar.

„Als wir hier her kamen, kannten wir nur Ihren Decknamen."

„Sie haben mich aufs Kreuz gelegt!" rief Buchner.

Buchner machte einen niedergeschlagenen Eindruck. Rübsam und der Hauptkommissar hatten un-
abhängig voneinander den Eindruck gewonnen, daß
Buchner nichts mit dem Mord zu tun hatte. Die
Gründe lagen auf der Hand. Wäre Buchner der
Mörder gewesen, dann hätte er niemals zugegeben,
IM Lourdes zu sein, da er davon ausgehen konnte,
daß Jan Bunk das Geheimnis seines Klarnamens
mit ins Grab genommen hatte. Wer hätte ihm etwas
beweisen können? Gerade das schnelle Einges-
tändnis, IM Lourdes zu sein, entlastete Buchner, da
es im Glauben geschehen war, daß Jan Bunk bis
jetzt noch gelebt hatte und ihn verraten habe.

„Herr Buchner, sagt Ihnen der Name Milch etwas, IM
Milch", fragte Hauptkommissar Dreck.

„Nein, nie gehört", sagte Buchner.

„Wie hat Jan Bunk Sie angeworben, vor allem
wann?" fragte Rübsam.

„Ich hatte 1985 eine Kneipe gepachtet, die lief nicht
so gut, ich hatte Schulden. Irgendwann saß Jan
Bunk in der Kneipe, die anderen Gäste waren schon
gegangen. Er bat mich, die Tür abzuschließen, und
dann machte er mir das Angebot, für ihn zu arbeiten", sagte Buchner.

„Daß es für die Stasi war, habe ich erst später erfahren, als es zu spät war."

„Wie lief das genau ab, was sollten Sie tun?" fragte
Rübsam.

„Es war geschickt gemacht, das Angebot. Jan hatte
gleich ein neues Kneipenkonzept mitgebracht. Mein
Publikum waren damals die alternativen und politischen jungen Leute. Er meinte, die würden nicht
genug konsumieren. Ich solle mich vielmehr an die

Wehrpflichtigen halten, Sonderpreise für Soldaten machen und so. Wenn jemand zehn Biere trank und seinen Truppenausweis vorlegen konnte, war ein Bier umsonst, so Sachen habe ich gemacht. Gleichzeitig sollte ich die Jungs aushorchen. Er gab mir eine Liste mit Stichpunkten, die ich auswendig lernen mußte und dann verbrennen sollte. Nach diesen Stichpunkten mußte ich dann meine Ohren aufhalten. Ich mußte Berichte verfertigen und zu einem geheimen Briefkasten bringen. Leider ging auch das schief, da ich in dieser Zeit stark getrunken habe und kurze Zeit später die Kneipe schließen mußte. Das Konzept war nicht schlecht, aber ich habe halt zuviel gesoffen."

„Haben Sie viele Berichte geschrieben?" fragte Rübsam.

Buchner lachte: „O ja, das waren ganz heiße Berichte. Da es kaum was zu berichten gab, habe ich Sachen erfunden, ich wollte ja Geld verdienen. Es hat kein halbes Jahr gedauert, da haben die in Ostberlin gemerkt, was meine Berichte wert sind. Geld hab ich von denen jedenfalls keines mehr gekriegt, nur noch Druck."

„Dann waren Sie also knapp ein halbes Jahr als IM tätig?" fragte Dreck.

„Höchstens", sagte Buchner.

„Wo war der tote Briefkasten?" fragte Dreck.

„Der, der war in der Grillhütte."

Rübsam und Dreck schauten sich an.

„Wo da genau?" fragte Rübsam.

„Es gab da einen hohlen Balken, der durch ein genau passendes Stück Holz verschlossen wurde. Es war eine ausgezeichnete Arbeit. Montags und mittwochs von 19°° Uhr bis 21°° Uhr durfte ich meine Berichte dort deponieren."

„Kannten Sie noch andere IMs?" fragte Dreck.

Buchner schüttelte den Kopf.

„Sollten Sie außer Bundeswehrsoldaten noch andere Leute bespitzeln?" fragte Rübsam.

„Ich sollte alles, was mit Militär zusammenhing, egal, ob es von Zivilisten oder Soldaten kam, weitergeben. Ich hatte den Auftrag mich an diese Leute ranzumachen. Einmal habe ich auch etwas Ziviles weitergeleitet. Ich hatte auf einer Wanderkarte entdeckt, daß ein Zulauf des Wiesensees unter der städtischen Müllkippe entsprang. Über diese Geschichte habe ich einen Bericht geschrieben, weil ich dachte, daß die das gebrauchen können, wegen Propaganda und so. Nach etwa drei Wochen kam dann Jan Bunk in die Kneipe, trank ein Bier am Tresen und ging dann wieder. Zurückgelassen hatte er eine Ausgabe des „Neuen Deutschland" von der vorherigen Woche, in der mein Bericht zu einem Artikel verarbeitet war. Der Artikel handelte von der Doppelzüngigkeit der Bundesrepublik, die verbal den Umweltschutz propagierte und dann heimlich verseuchtes Wasser in den von Werktätigen als Badesee genutzten Wiesensee einleiteten."

Dreck schaute Rübsam an und sagte: „ Von unserer Seite war es das, oder möchten Sie Ihre Aussage noch ergänzen?"

„Nein", sagte Buchner, „im Augenblick nicht, aber was wird jetzt aus mir?"

„Den Beamtenstatus können Sie wohl an den Nagel hängen", sagte Dreck und schaute den Direktor an.

Der Direktor zuckte mit den Schultern.

Die beiden Kriminalen verabschiedeten sich.

Dreck und Rübsam waren auf dem Rückweg. Sie waren beide der Ansicht, daß Buchner nicht als Mörder in Frage kam. Hing Jan Bunks Stasitätigkeit wirklich nur mit der Bundeswehr zusammen? Dreck konnte es sich eigentlich nicht vorstellen, es mußte noch was anderes geben.

Rübsam sagte: „Wir sollten uns um den anderen, den Major oder Fraktionsvorsitzenden kümmern, den unser Wirt in der Freizeitanlage gesehen hat."

„Ich weiß nicht ob uns das weiterbringt, das wäre zuviel des Zufalls. Es gibt tausend Gründe weshalb sich jemand in der Freizeitanlage aufgehalten haben könnte. Letztendlich ist sie ja dafür da, vielleicht hat er seinen Hund ausgeführt, es gibt tausend Gründe."

„Hauptkommissar, kann es sein, daß Sie Probleme sehen, wenn wir gegen lokale Größen ermitteln?"

„Sagen wir mal so, dieser Major ist mit einiger Sicherheit nicht unser Mann. Wenn wir jetzt anfangen, Wellen zu machen, dann kann es Ärger, großen Ärger, geben. Wir haben nichts gegen ihn in der Hand, wir haben noch nicht mal Grund für einen Anfangsverdacht, der Ermittlungen rechtfertigen würde. Was glaubst du wohl, was uns unsere Vorgesetzten erzählen, wenn wir ihnen sagen, daß der Major sich verdächtig gemacht hat, weil er vor zehn Jahren in der Nähe eines toten Briefkastens mit seinem Hund spazieren war."

Rübsam nickte: „Sie haben recht, Hauptkommissar, hinzu kommt noch, daß der Mann Politiker ist, der hat über seine Partei bestimmt Beziehungen bis ins Innenministerium."

„Wir sollten mal eine kreative Pause einlegen, dann können sich die Informationen etwas setzen und wir kriegen den Kopf wieder klar", sagte Hauptkommissar Dreck.

„Rübsam, für heute Nachmittag gebe ich uns frei."

Rübsam fand die Idee gut und rief seine neue Flamme an. Er konnte sie, trotz mehrmaliger Versuche, nicht erreichen und fand sich damit ab, in der Stadt bleiben zu müssen. In Gedanken versunken ging er die Hauptstraße hinauf. Passanten schauten ihm hinterher, ohne daß er es merkte. Als er aufschaute, befand er sich in der Bahnhofstraße, in der Nähe von Holzers Haus.

Er klingelte.

Holzer war zu Hause.

„Komm rein, Hauptkommissar", sagte Holzer.

Sie gingen ins Haus. Holzer kochte Kaffee, während Rübsam in dem gemütlichen Wohnzimmer die Buchtitel in den Regalen studierte. Sogar ein alter Computer stand im Regal. 486er, schätzte Rübsam. Alt, aber immerhin. Es überraschte ihn, daß Holzer sich sogar mit einem Rechner beschäftigte. Er war immer für Überraschungen gut. Holzer brachte den Kaffee und fragte: „Wat führt Sie zu mir, Hauptkommissar?"

„Nichts Konkretes, ich war zufällig in der Gegend und da dachte ich, ich schau mal vorbei und plaudere ein wenig mit Ihnen."

„Sie komme net weiter?" fragte Holzer.

Aus irgendeinem Grund beschloß Rübsam, offen mit Holzer zu reden. Er erzählte ihm von den beiden IMs und daß sie einen aufgedeckt hatten. Die Decknamen nannte er ihm nicht.

„Der Buchner als IM, kaum zu glaube, aber so wie der damals druff war, der hat gesoffe un dat net zu knapp", sagte Holzer, „da wär isch im Lebe net druff komme, daß der bei der Stasi is."

Holzer war überrascht.

Rübsam fragte: „Was fällt Ihnen bei dem Begriff Milch ein?"

„Watt soll mir dazu einfalle", fragte Holzer, „en Stall voll Küh, en Liter Milsch."

Rübsam hob den Kopf und schaute Holzer groß an.

„Sagen Sie das noch einmal", rief Rübsam aufgeregt.

„Wat soll ich sache?" fragte Holzer.

„Dat mit dem Stall voll Küh un dem Liter Milsch, oder wat?"

Rübsam war aufgesprungen und rannte im Zimmer herum.

Das also war es, bei Josef Buchner hatte Jan Bunk den Decknamen „Lourdes" nach einem persönlichen Ereignis gewählt, warum sollte man bei Milch nicht ähnlich vorgegangen sein, nur daß er den Namen benutzt hatte. Je mehr Rübsam darüber nachdachte, desto sicherer wurde er. Dieser Liter war „IM Milch". Jan Bunk hatte einen seltsamen Humor gehabt.

Holzer hatte Rübsams Auftritt ruhig zugeschaut. Jetzt fragte er: „Wat hat Sie denn gestoche?"

„Na Sie", sagte Rübsam, „Sie haben mich doch mit der Nase draufgestoßen. Verstehen Sie nicht, Holzer, Major Liter ist IM Milch."

„IM Milch, wer soll dat sein? Wie komme Sie jetzt dadruff?" fragte Holzer verständnislos.

„Ich fragte Sie, was Ihnen zu Milch einfällt", sagte Rübsam, „und Sie, Sie sagten Liter, Holzer, Sie sagten: „ein Liter Milch". Der Deckname Holzer, der Deckname des einen IMs ist Milch."

Holzer pfiff durch die Zähne.

„Dat wär en Ding", sagte Holzer, „der Liter als inoffizieller Mitarbeiter der Stasi! Getraut hab ich dem Spießer net vom Mittachsläute bis um zwölf. Wasser predische un Sekt saufe, so is der."

„Mann, Holzer, wie komme ich an Liter ran, wie kann man ihn überführen?" fragte Rübsam.

„Haben Sie eine Idee?"

„Dat wird schwierig. Der Mann hat Einfluß, überall sei Finger drin, der wird sisch net so einfach an et Bein pinkeln lassen."

Rübsam bat Holzer, vorläufig über alles zu schweigen, Rübsam verabschiedete sich. In seinem Kopf rotierte es. Es war alles so einfach, daß er da nicht früher drauf gekommen war.

Als er im Hotel ankam, war der Hauptkommissar nicht da. Der Wirt sagte, er habe einen Anruf erhalten und sei dann ausgegangen. Zum Abendessen sei er wieder zurück, solle er Rübsam ausrichten. Rübsam mußte sich also bis zum Abendessen gedulden. Als Dreck um 19°° Uhr noch nicht zurück war, beschloß Rübsam, der einen riesigen Hunger hatte, alleine zu essen. Nach dem Essen blieb er im Speiseraum sitzen und schaute fern. Während der Tagesschau betrat Hauptkommissar Dreck den Speiseraum. Rübsam sah, daß er sauer war. Dreck setzte sich zu Rübsam an den Tisch und legte los.

Kurz nachdem Rübsam gegangen war, hatte Dreck einen Anruf seines Vorgesetzten erhalten. Der war anscheinend von seinem Vorgesetzten eingenordet worden. Es ging um die Art ihrer Ermittlungen. Ihre Ermittlungen wären absolut einseitig, so der Vorgesetzte. Was dieser Stasiquatsch solle, die gäbe es seit 10 Jahren nicht mehr. Der gesamte Ort würde durch diese Geschichte diskreditiert usw. Irgend jemand, so schien es, hatte an höchster Stelle interveniert.

„Offensichtlich stehen wir hier irgend jemandem auf den Füßen". meinte Dreck.

„Und ich weiß, wem!" platzte Rübsam stolz heraus.

„Jetzt bin ich aber gespannt", sagte Dreck.

Er sah Rübsam herausfordernd an.

„Ein Liter Milch", sagte Rübsam, dabei blickte er Dreck gespannt an.

Der schaute Rübsam fassungslos an und sagte: „Spinnst du jetzt total, was soll das ein Liter Milch? Und drei Mohrrüben, oder was?"

„Überlegen Sie, Hauptkommissar, der Deckname des IM ist Milch und ich sage - ein Liter Milch -."

Jetzt zuckte der Hauptkommissar zusammen: „Verdammt, wenn das wahr wäre."

„Seit eben weiß ich sicher, daß es wahr ist, Sie haben es mir selbst erzählt. Jemand hat ganz oben interveniert, wie sagten Sie eben, wir scheinen irgend jemandem auf den Füßen zu stehen."

„Du hast recht, Rübsam, er muß es sein, er ist Kommunalpolitiker und Berufssoldat, eine gute Quelle, und er hat Beziehungen nach Mainz."

„Und er ist unserem Wirt aufgefallen", sagte Rübsam, „alles paßt."

Beide verbrachten eine unruhige Nacht. Sie hatten am Abend ihre Vorgehensweise besprochen und festgelegt, nicht offen gegen Liter zu ermitteln. Einerseits wollten sie ihre Vorgesetzten nicht auf den Plan rufen, andererseits sollte Liter nicht gewarnt werden. Rübsam hatte dem Hauptkommissar gestanden, daß Holzer in ihre Ermittlungen eingeweiht war. Erst reagierte Dreck sauer, aber als er hörte, daß Holzer den Hinweis auf Liter gegeben hatte, und angesichts ihrer in Zukunft eingeschränkten Ermittlungsmöglichkeiten, war Holzer vielleicht ganz gut zu gebrauchen. Hinzu kam, daß Holzer offensichtlich verschwiegen war. Zumindest hatten sie keinen Hinweis auf eine Indiskretion seitens Holzers.

Dreck hatte beschlossen, den Hotelier unauffällig über Liter auszufragen. Er konnte das riskieren, da dieser sie selbst auf Liter gebracht hatte. Kühn hatte keine Ahnung von der Entlarvung des IM Lourdes, und das sollte auch so bleiben. Nach dem Frühstück bat der Hauptkommissar den Wirt um ein Gespräch. Neugierig auf neue Ermittlungsergebnisse, sagte er sofort zu. Er räumte den Tisch ab, machte sich einen Kaffee und setzte sich zu dem Hauptkommissar an den Tisch.

„Was kann ich für Sie tun, Hauptkommissar?" fragte er.

„Sie erzählten uns, wenn man einmal von Jan Bunk absieht, von zwei Leuten, die sich zu ungewöhnlichen Zeiten in der Freizeitanlage aufhielten."

„Ja, der Buchner und der Liter."

„Haben Sie die beiden einmal zusammen gesehen?" fragte Dreck.

„Das muß nicht in der Freizeitanlage gewesen sein."

Kühn zögerte eine kleine Weile, dann sagte er: „Nein, ich bin mir sicher, daß ich sie nie zusammen gesehen habe, denn das wäre mir aufgefallen. Da bin ich mir ganz sicher. Die hatten gesellschaftlich nichts miteinander zu tun."

„Was ist der Major für ein Mann, können Sie über seine Person etwas erzählen? Sie kriegen von ihren Gästen doch so einiges mit."

„Gott, was soll ich Ihnen sagen, er kommt gelegentlich mit seiner Familie zum Essen. Ziemlich autoritär, einmal hat er hier ein Drama aufgeführt, weil seine Tochter ein geflochtenes Lederarmband anhatte. Es war richtig peinlich, die anderen Gäste guckten schon. Das wäre Hippiekram, hat er geschrien. Das Mädchen mußte das Armband ausziehen. Der Frau war der ganze Auftritt sehr peinlich. Man konnte es ihr ansehen.

Politisch ist er stockkonservativ. Er ist, lassen sie mich nachdenken, seit 1981 - 82 in der Kommunalpolitik. Wurde damals hierher versetzt und ging sofort in die Politik. Es gab damals Gerüchte. Man sagte, daß er sich nur deshalb kommunalpolitisch engagiere, um nicht mehr versetzt zu werden. Bei den darauffolgenden Wahlen wurde er dann zum Stadtrat gewählt.

Kurze Zeit später baute er sein Haus. Es soll da zu Unregelmäßigkeiten gekommen sein. Er hatte zwei relativ wertlose Wiesengrundstücke direkt am Ortsrand gekauft, die konnten, aus technischen Gründen, glaub'ich, kein Bauland werden. Das hatte irgendwie mit der Kläranlage zu tun. Ich glaube, die Kläranlage lag höher als die Grundstücke. Man hätte das Abwasser dann pumpen müssen. Auf jeden Fall wurde ein halbes Jahr später eine neue, größere Kläranlage gebaut, und die lag tiefer als besagte Grundstücke, die dann plötzlich zu Bauerwartungsland wurden und bald darauf als Bauland erschlossen wurden. Der Wert der Grundstücke war über Nacht erheblich gestiegen. Liter verkaufte eines der Grundstücke und baute auf das andere ein protziges Haus. Es hat damals viel böses Blut gegeben.

Bei der Finanzierung des Hauses muß es auch Unregelmäßigkeiten gegeben haben. Liter hatte sich wohl übernommen. Die Bank wollte das Haus schon verkaufen. Irgendwie hat er es aber noch einmal geschafft. Politisch gilt er als Hardliner. Er ist nicht sehr beliebt in seiner Partei, aber er hat ein gewisses rhetorisches Talent und ist Weltmeister im Strippen ziehen. Was gibt es noch zu sagen?

Vor zehn Jahren hatten er und seine Frau einen schweren Verkehrsunfall, er lag danach fast ein viertel Jahr im Krankenhaus, seine Frau wäre fast dabei gestorben."

Der Wirt schaute den Hauptkommissar an und fragte: „Sie ermitteln gegen Liter, Hauptkommissar?"

„Wie kommen Sie darauf? Wir überprüfen die Leute, die Sie uns genannt haben, das ist alles Routine."

Notgedrungen, um keinen Verdacht aufkommen zu lassen, mußte Dreck jetzt auch nach Buchner fragen. Im Wesentlichen erzählte der Wirt das, was Dreck schon wußte. Etwas Neues erfuhr Dreck nicht. Als Kühn am Ende seiner Ausführungen angelangt war, versuchte er, den Hauptkommissar über den

Stand der Ermittlungen auszufragen. Dreck erzählte ihm, daß sie noch im Dunkeln tappten, daß sie noch auf Ermittlungsergebnisse ihrer Dienststelle warteten.

Rübsam hatte Holzer angerufen und sich mit ihm verabredet. Sie hatten sich vorsichtshalber am Butterweck, einem Wäldchen westlich der Stadt, verabredet. Rübsam hielt diese Maßnahme für nötig, da sie Holzer in ihre Ermittlungen mit einbeziehen wollten. Es war nicht nötig, daß Holzer mit einem von ihnen gesehen wurde.
Holzer kam aus nordöstlicher Richtung, während Rübsam, aus Vorsichtsgründen, schon eine halbe Stunde früher aus südlicher Richtung in das Wäldchen gegangen war. Er saß, durch Büsche etwas verdeckt, auf einem dicken Stein und wartete auf Holzer. Rübsam begann der rauhen Westerwälder Landschaft einen gewissen Reiz abzugewinnen. Sie hatte etwas, zweifellos.
Holzer näherte sich auf einem der Wege, die in Richtung Butterweck führten. Nach kurzer Zeit betrat er das Wäldchen. Rübsam rief ihn an und Holzer setzte sich neben ihn. Beide schauten auf das im Tal liegende Städtchen.
„Ein schöner Ausblick", sagte Rübsam.
„Et gibt kein schönere Blick auf die Stadt", sagte Holzer.
„Hier hat sich vor zehn, fünfzehn Jahren eine Stasigeschichte größeren Ausmaßes zugetragen. Kaum zu glauben, alles wirkt so friedlich."
„Wußte sie eichentlich, dat die Stadt früher, ich mein vor 1989, der Mittelpunkt der damalig Bundesrepublik war? Sie war der physikalische Mittelpunkt." sagte Holzer.

„Was heißt denn physikalischer Mittelpunkt?"

„Na ja, et gibt verschiedene Möchlichkeiten, den Mittelpunkt von nom Land zu ermitteln, un eine davon is halt die physikalisch Methode."

„Und wie funktioniert die?"

„Ganz einfach, sie schneide dat Land aus der Landkart aus, natürlich ganz genau, und balancieren dat ausgeschnittene Stück Kart auf ner Nadelspitz aus. Der Punkt, wo die Nadelspitz is, wenn die Kart im Gleichgewicht is, dat is dann der Mittelpunkt."

„Interessant", sagte Rübsam beeindruckt, „welche Methode gibt es denn noch?"

„Da wär noch die geometrisch Methode, die geht ganz einfach. Sie verbinde den südwestlichste Punkt mit dem nordöstlichste und den nordwestlichste mit dem südöstlichste; da, wo die beide Linie sich schneide, is der geometrisch Mittelpunkt."

„Und der ist natürlich ganz wo anders als der physikalische Mittelpunkt", sagte Rübsam.

„Ja, ja, der is ganz wo anners."

„Erstaunlich, da hat die Stasi einen Spitzel quasi im Mittelpunkt des Landes positioniert, man müßte glatt mal nachforschen, ob am geometrischen Mittelpunkt der alten Bundesrepublik auch ein Stasispitzel gesessen hat."

Holzer guckte erstaunt: „Da hab ich noch gar net drüber nachgedacht."

„War auch nur ein Scherz, Holzer."

„Dann hat die Stadt ja bei der Wiedervereinigung ihre Hauptattraktion verloren", sagte Rübsam.

„Wat glauwe Sie, wat die Klimmzüch gemacht hamm, die Parteie, besonners die Konservative. Eischendlich warn die ja gesche die Wiedervereinigung, nur laut gesacht hat et keiner", lachte sich Holzer ins Fäustchen.

„Interessant", lachte Rübsam, „muß ich unbedingt dem Hauptkommissar erzählen."

Sie beschlossen, noch ein Stück zu laufen.

„Wir wissen ziemlich sicher, daß dieser Liter unser Mann ist", sagte Rübsam, „wir können ihm aber nichts beweisen. Wir haben Anweisung von oben, diese Stasigeschichte abzublasen. Da muß sich irgend jemand beschwert haben und zwar im Innenministerium ganz oben."

Sie gingen ein Weile schweigend nebeneinander her.

Dann sagte Holzer: „Kommissar, isch weiß, wer da interveniert hat."

Rübsam sah ihn entgeistert an.

„Reden Sie schon", sagte er.

„Die sinn schnell", sagte Holzer.

„Vor eh paar Tag, in der Wirtschaft Kasper, da saß der Liter mit dem Pitton am Katzetisch, die hamm gekungelt wat dat Zeug hielt. Ich hab zwar nix verstanne, aber da ging et hoch her. Der Liter war ganz schön im Geschirr, der hat uff den Pitton eingeredet wie uff en kranke Gaul. Da is dat garantiert eingestielt worde."

Rübsam hatte interessiert zugehört.

Er fragte: „Pitton, wer ist das?"

„Dat is der Chef von de Liberale, klar, der Liter hat über den Pitton interveniert, dat sin Kumpels, un der Inneminister is en Parteifreund von dem Pitton."

„Das war es also", sagte Rübsam

„Wat habbt ihr jetz vor?" fragte Holzer

„Eine gute Frage", sagte Rübsam. „Im Prinzip sind uns die Hände gebunden, wir haben nichts gegen Liter in der Hand. Noch nicht mal ein Anfangsverdacht, der weitere Ermittlungen rechtfertigen würde."

Holzer schwieg eine Weile.

„Ich kann Nachforschungen anstellen, die halte mich wieso all für bekloppt un ich habb mit euern Vorgesetzte nix am Kopp", sagte er dann.

„Das würden Sie machen?", fragte Rübsam und tat überrascht, denn genau das hatte er mit Dreck abgesprochen und erreichen wollen.

„Sicher, die ganz Geschicht intressiert mich doch, endlich mal wat los. Außerdem geht es gegen den Liter, den Großkotz."

„Stop", sagte Rübsam, „Regel Nummer 1: Sie müssen unvoreingenommen ermitteln. Sie dürfen nicht in eine bestimmte Richtung ermitteln. Auch Informationen die Liter entlasten, müssen auf den Tisch. Haben Sie verstanden?"

Holzer nickte, dann sagte er: „Wie wär et, wenn wir ihm en Fall stelle?"

„Hab ich auch schon dran gedacht, machen sie nur keine Alleingänge, alles nur nach Absprache mit uns, haben Sie verstanden?"

„Sicher", beeilte sich Holzer zu beschwichtigen.

Sie hatten den Rückweg angetreten und waren wieder am Butterweck vor einem steinernen Kreuz angekommen.

„Wir trennen uns hier besser", sagte Rübsam.

Er gab Holzer seine Handynummer.

„Rufen Sie mich an, wenn Sie was erfahren haben."

Sie trennten sich und gingen in die Stadt zurück.

Gut gelaufen, dachte Rübsam.

8. Kapitel

Holzer war nach Hause gekommen, hatte sich einen starken Kaffee gebraut, die Pfeife in Brand gesetzt und sich in seinen Sessel zurückgezogen. Hier pflegte er stundenlang zu sitzen und über Gott und die Welt nachzudenken. Holzer war Frührentner. Nach einem Verkehrsunfall, bei dem seine Frau ums Leben gekommen war, konnte er seinen Beruf als Waldarbeiter nicht mehr ausüben und wurde frühverrentet. Lange hatte er den Tod seiner Frau nicht verwunden, sich sogar eine Mitschuld gegeben, obwohl das Gericht hundert Prozent „Fremdverschulden" festgestellt hatte.

Er litt jahrelang an Depressionen, die er erst nach und nach in den Griff bekommen hatte. Geholfen hatten ihm seine weiten Spaziergänge, sein ständiger Aufenthalt in der Natur. Er fing an, über Sachen nachzudenken, die ihn früher nicht interessiert hatten, und andersherum hatte er an seinen ehemaligen Hobbys jegliches Interesse verloren. Der Kontakt zu seinen alten Freunden und Kollegen war nach und nach eingeschlafen, ohne daß es dafür einen benennbaren Grund gegeben hatte.

Es war einfach so, daß er mit diesen Leuten nichts mehr anfangen konnte, die Wellenlänge stimmte nicht mehr. Allgemein war man der Ansicht, daß er etwas verschroben war, ein Sonderling eben. Im Laufe der Zeit hatte er einen neuen Freund gewonnen, eben diesen Fleuth, der in der Stadtverwaltung seinen Dienst tat. Zu ihm fühlte er sich hingezogen, mit ihm konnte er sich unterhalten. Das einzige, was von seiner depressiven Phase zurückgeblieben war, war sein Hang zum Alkohol, nicht daß er soff, das hatte er hinter sich, er trank halt täglich sein Quantum.

Holzer hatte das kleine, gemütliche Wohnzimmer vollgequalmt und war ein wenig schläfrig geworden. Gerade hatte er die Pfeife aus der Hand gelegt, als das Telefon klingelte. Es war Fleuth, er wollte nach Dienstschluß auf einen Kaffee vorbeikommen. Holzer schaute zur Uhr: in einer halben Stunde ist er da, dachte er, ging in die Küche und schaltete das Warmwassergerät ein, dann zog er sich zu einem kurzen Schläfchen in seinen Sessel zurück.

Holzer schreckte hoch, es hatte geklingelt. Er stand auf und ließ seinen Freund Fleuth herein. Er machte sich in der Küche zu schaffen und kam nach kurzer Zeit mit einer Kanne und zwei Tassen ins Wohnzimmer.

Fleuth hatte sich in einem Sessel niedergelassen.

„Was gibt's Neues an der Stasifront?" fragte Fleuth.

Holzer hatte auf dem Rückweg vom Butterweck überlegt, ob er Fleuth einweihen sollte. Einerseits hatte er Rübsam gegenüber Verschwiegenheit gelobt, andererseits war Fleuth sein Freund, der ihm bei seinen Ermittlungen helfen konnte, außerdem war er verschwiegen.

Holzer hatte sich entschieden, seinen Freund einzuweihen. Er goß Kaffee ein und setzte sich in seinen Sessel, dann erzählte er die ganze Geschichte. Fleuth hatte still zugehört und saß, nachdem Holzer geendet hatte, eine Weile schweigend im Sessel.

„Man soll es nicht für möglich halten", sagte er dann, „da lebt man seit fast 60 Jahren in einer Stadt und hat keine Ahnung, was hinter den Kulissen so läuft. Liter ein Stasi IM! Leiden konnte ich den Kerl noch nie, und du sollst jetzt ein wenig rumschnüffeln, da helf ich dir, den würde ich zu gerne am Pranger sehen."

„Prima, dat du mir hilfst, ich hatt et net annerst erwartet. Wir beide auf unsere alde Tag spiele noch mal Detektiv. Die zentral Frage ist, wie komme mir an Liter ran, oder wie stelle mir dem en Fall, so daß der sich selbst verrät?"

Sie saßen beide eine Weile schweigend zusammen.

„Ich habe eine Idee", meinte Fleuth nach einer Weile, „und zwar habe ich mal gelesen, daß Teile der Stasi vom russischen Geheimdienst übernommen worden sind. Wir könnten so tun, als wären wir die Nachfolger von Jan Bunk. Wir könnten einen neuen „toten Briefkasten" errichten und Liter irgendwelche Informationen beschaffen lassen."

Holzer grinste : „In en ähnlich Richtung hab ich auch schon gedacht, et freut mich, wenn mer widder fast einer Meinung sinn."

Nachdem sie noch eine Weile wie kleine Jungens rumgesponnen hatten, verabschiedete sich Fleuth. Sie hatten verabredet, daß jeder von ihnen, bis zum nächsten Tag einen Plan entwerfen sollte. Sie wollten sich dann zur gleichen Zeit wieder bei Holzer treffen.

Nachdem Fleuth gegangen war, zog Holzer sich wieder in seinen Sessel zurück. Er ließ sich die ganze Sache noch einmal durch den Kopf gehen, vor allem überlegte er, wo der tote Briefkasten, ohne großen Aufwand, am besten einzurichten sei. Als er so über „tote Briefkästen" im Allgemeinen und IMs im Speziellen nachdachte, schoß ihm plötzlich ein Gedanke durch den Kopf.

Was wäre, wenn die noch einen zweiten Briefkasten gehabt hätten? Denkbar wäre das, so für den Notfall, z.B. für den Fall, daß die Grillhütte abbrennt. Was hätten die dann gemacht? Die konnten doch nur über tote Briefkästen kommunizieren, da sie ja keiner zusammen sehen durfte.

Sie mußten etwas zum Ausweichen haben. Holzer rief Rübsam an und teilte ihm seine Überlegung bezüglich eines zweiten „toten Briefkastens" mit. Rübsam war elektrisiert.

„Sie könnten Recht haben, Holzer, gleich morgen früh ruf ich den Buchner an und frage nach."

Rübsam unterrichtete den Hauptkommissar, der zustimmend nickte.

Am nächsten Morgen klemmte sich Rübsam hinter das Telefon und rief in der Verwaltung an, in der Buchner arbeitete. Man teilte ihm mit, daß Buchner bis auf weiteres beurlaubt sei. Man gab ihm Buchners Privatadresse und Telefonnummer.

Rübsam hatte Buchner offensichtlich geweckt. Er fragte: „Herr Buchner, was hätten Sie eigentlich gemacht, wenn die Grillhütte während ihrer aktiven Spitzeltätigkeit abgebrannt wäre, wie hätten sie Kontakt mit Bunk aufgenommen, bzw. wie hätte Bunk mit ihnen Kontakt aufgenommen?"

„Für diesen Fall gab es einen zweiten Briefkasten, der war am Butterweck."

„Wo genau?" fragte Rübsam.

„Es gibt da ein steinernes Kreuz. Wenn Sie hinter das Kreuz treten, sehen Sie im Fußteil einen etwa handtellergroßen Stein, der etwas erhaben ist. Den kann man herausnehmen. Dahinter befindet sich ein Hohlraum, der groß genug ist, eine Filmdose aufzunehmen."

„Sehr schön", sagte Rübsam.

„Herr Inspektor, ich hoffe, meine kooperative Haltung wird mir angerechnet."

„Ich denke schon, an uns soll es nicht liegen."

Rübsam ging sofort zum Butterweck. Es war ein schöner Morgen, der Bodennebel wurde gerade von der Sonne durchdrungen, eine Lerche stieg senkrecht in den Himmel. Rübsam kam wohl gelaunt am Butterweck an. Hinter dem Kreuz war alles zugewachsen und Rübsam mußte erst einmal ein paar Äste abbrechen, um sich Zugang zu verschaffen. Er sah den von Buchner beschriebenen Handtellergroßen Stein und wackelte an ihm. Er ließ sich ohne große Mühe herausziehen. Rübsam griff in die Öffnung. Er fühlte einen Hohlraum. Dieser war leer. Rübsam war etwas enttäuscht. Was hatte ich erwartet, dachte er, den Beweis für Liters Schuld zu finden?

Rübsam mußte über sich selber lachen.

Er nahm sein Handy und rief Holzer an, sie verabredeten sich an der gleichen Stelle wie gestern. Nach zehn Minuten kam Holzer. Er war außer Atem. Rübsam beschrieb ihm den Briefkasten. Holzer ging los, während Rübsam auf seinem Stein sitzenblieb. Nach drei Minuten war Holzer wieder da.

„Donnerlittchen", sagte er, „jetzt könne mer dem Liter en Fall stelle."

„Nicht so schnell", sagte Rübsam, „ich muß gleich mit dem Hauptkommissar nach Koblenz, das wird wahrscheinlich den ganzen Tag dauern. Und Falle stellen, das geht nicht, das dürfen wir nicht. Anstiftung zu einer Straftat wäre das."

„Sie dürfen dat vielleicht nicht", sagte Holzer, „aber ich."

„Machen Sie bloß keine Alleingänge", warnte Rübsam, „der Mann ist gefährlich, der hat wahrscheinlich einen Mord auf dem Gewissen. Außerdem muß alles mit uns abgestimmt werden."

„Ist doch klar", lenkte Holzer ein.

Sie trennten sich. Zu Hause angekommen setzte sich Holzer wieder in seinen Sessel und grübelte. Er war wild entschlossen, dem IM eine Falle zu stellen.

Holzer spielte mehrere Varianten im Kopf durch und verwarf sie wieder. Am Besten gefiel im Fleuths Vorschlag, sich als Nachfolger Jan Bunks auszugeben und Liter zum Briefkasten zu locken. Im Briefkasten müßte eine Nachricht, ein Befehl sein, der ihn zu einer Straftat anstiftete, aber da würden die beiden Kriminalen nicht mitspielen.

Holzer war in seinem Sessel eingenickt, als ihn plötzlich die Türklingel aus dem Schlaf riß. Es war Fleuth. Holzer hatte den ganzen Nachmittag verschlafen. Der sonst so steife Fleuth war richtig dynamisch, er wirkte um Jahre jünger.

„Na, wie schaut's aus?" fragte er. Hast du einen Plan?"

„Langsam mit die junge Pferde", sagte Holzer, und machte sich in der Küche zu schaffen.

„Erst mal en Kaffee", sagte er.

Dann erzählte er von dem toten Briefkasten.

Fleuth pfiff durch die Zähne und sagte: „Klasse."

Dreck und sein Assistent Rübsam waren zum Rapport nach Koblenz gefahren. Den vorläufigen Bericht hatte Rübsam am Abend vorher geschrieben. Dreck hatte ihn gelesen und ohne Korrektur gutgeheißen. In dem Bericht nicht erwähnt war der zweite, tote Briefkasten. Rübsam war am Abend mit dem Hauptkommissar noch einmal zu dem Briefkasten gegangen; danach waren sie, nach kurzer Diskussion, zu dem Schluß gekommen, ihr Wissen nicht vorschnell preiszugeben. Man soll sein Pulver nicht auf einmal verschießen, hatte Dreck gesagt.

In Koblenz angekommen, waren sie auf alles gefaßt. Dann kam alles ganz anders. Ihr Vorgesetzter, Oberkriminalrat Krüger, begrüßte sie fast überschwänglich und bat sie, Platz zu nehmen. Rübsam und Dreck schauten sich verunsichert an. Nachdem

Kaffee und Tee serviert worden waren, beglückwünschte sie der Oberkriminalrat zu ihren hervorragenden Ermittlungsergebnissen. Auf den Einwand von Hauptkommissar Dreck, daß der Herr Oberkriminalrat ihren Bericht ja noch gar nicht gelesen habe, winkte dieser ab und sagte: „Lassen Sie den Bericht hier, Dreck, ich lese ihn nachher. Er ist im Augenblick nicht so wichtig, Sie hatten uns ja vorgestern ausführlich informiert."

„Und Sie haben mich dafür richtig angeschissen", sagte Dreck.

„Mein lieber Dreck, seien Sie doch nicht so kleinlich, das ist doch Schnee von gestern. Wichtig ist das Heute, der MAD hat sich eingeschaltet, er führt den Fall zu Ende. Meine Herren, Sie können Ihre Zelte im Westerwald abbrechen und ihren normalen Dienst wieder aufnehmen."

Rübsam und Dreck schauten sich erstaunt an.

„Verstehe ich Sie richtig, Herr Oberkriminalrat, jetzt, wo die Geschichte vor der Aufklärung steht, sollen wir abtreten?" fragte Dreck.

„Meine Herren, bitte verstehen Sie mich richtig, das ist eine Weisung aus dem Innenministerium, von oben, das ist jetzt ein Fall für den MAD", sagte der Oberkriminalrat und stand auf.

Rübsam und Dreck fuhren zurück in den Westerwald.

„Da kann man mal sehen, vorgestern haben sie uns noch einen eingestielt und heute...."

Dreck lachte: „So ist das nun mal, Rübsam, das ist mir schon öfter passiert und dir wird es auch noch öfter passieren, glaube es mir."

„Wir müssen Holzer zurückpfeifen", sagte Rübsam.
Dreck nickte.

Zur gleichen Zeit erhielt Major Liter ein Telegramm.

Das Schreiben erreichte den Major während einer Weiterbildungsveranstaltung in der Kaserne. Der GvD seiner Kompanie hatte es gebracht. Major Liter ließ sich für den Rest des Tages beurlauben. Dringende Familienangelegenheit, hatte er dem Kommandeur gesagt.

Liter lief durch die Stadt. Er setzte sich in ein Cafe und las das Telegramm noch einmal.

Wir haben das Erbe von Bunk an getreten.
Bitte leeren Sie den Briefkasten,
zu den abgesprochenen Zeiten
und stellen Sie die Milch ins Haus.

Danke

Bunks Erben

Das Telegramm war im Postamt Westerburg aufgegeben worden. Liter schüttelte den Kopf, das konnte nicht sein, er kniff sich in den Arm, als wolle er wach werden.

Das Telegramm blieb Realität.

Liters graue Zellen liefen auf Hochtouren. Irgend jemand kannte seine Identität, wußte von seiner Spitzeltätigkeit und den toten Briefkästen. Er hatte Jan Bunk vertraut; der hatte ihm sein Ehrenwort gegeben, unter keinen Umständen seinen Klarnamen preiszugeben. Er hat nicht dicht gehalten, dachte Liter, aber warum kamen die erst jetzt, zehn Jahre danach?

Waren die erst durch Bunks Leiche auf ihn gekommen? Liter konnte denken, soviel er wollte, er konnte sich auf all das keinen Reim machen. Er ließ seinen Kaffee stehen und verließ das Cafe ohne zu zahlen. Die Bedienung schaute ihm kopfschüttelnd nach und sagte zu ihren Chef: „Der wird auch immer zerstreuter."

„Schreib's auf", sagte der Wirt.

Liter verließ die Stadt auf einem Feldweg. Ohne es zu merken, näherte er sich dem Butterweck. Als er es merkte, stand er schon vor dem steinernen Kreuz.

„Scheiße", sagte er.

In dem Telegramm war ausdrücklich die abgesprochene Zeit erwähnt. Kein IM wußte von der Existenz des anderen, und damit sie sich nicht begegneten, hatte Jan Bunk eine strikte Zeiteinteilung eingeführt. So durfte IM Lourdes nur Montag und Mittwoch zwischen 19°° Uhr und 21°° Uhr einen Briefkasten aufsuchen, während IM Milch Dienstag und Donnerstag zwischen 19°° Uhr und 21°° Uhr dran war. Auf diese Weise wurde vermieden, daß die IMs sich über den Weg liefen. Für die restliche Zeit hatte Jan Bunk für die IMs einen Sicherheitsabstand von 300 m festgelegt. Ausgenommen waren die Wochenenden, da unter Umständen Grillfeten in der Grillhütte angesagt waren, zu denen sie hätten eingeladen werden können, oder Spaziergänge mit der Familie, bei denen man in Erklärungsschwierigkeiten gekommen wäre.

Heute war Mittwoch, Liter hatte heute hier nichts zu suchen.

Er ging schnell weiter. Im Vorbeigehen sah er, daß das Gesträuch hinter dem Kreuz abgebrochen worden war. Hier hatte sich jemand Zugang verschafft, sich zu schaffen gemacht. Liter lief es eiskalt den Rücken runter. Das war kein Traum, irgend jemand, der seine Identität als Stasispitzel kannte, versuchte, mit ihm Kontakt aufzunehmen. Was ging hier bloß vor?

Liter versuchte, sich zur Ruhe zu zwingen. Er setzte sich auf eine Bank und bemühte sich um einen klaren Kopf . Liter überlegte. Der Einzige, der seine Identität und seinen Klarnamen kannte, war Jan Bunk. Jan Bunk war aber seit einigen Jahren tot. Danach war Jahre lang nichts passiert. Seine Leiche war durch Zufall jetzt aufgetaucht. Es wurden Ermittlungen angestellt. Im Zuge dieser Ermittlungen war es eine Frage der Zeit, wann die Polizei herausbekam, daß Jan für die Stasi gearbeitet hatte. Liter ging davon aus, daß die Polizei es schon wußte. Wenn sie es wußte, dann suchten sie bei der Gauck - Behörde nach einer Akte von Jan Bunk. Eine Akte hatte es mit Sicherheit gegeben, vielleicht war sie im Zuge der Stasiauflösung, in den Wirren der Wende, wie so viele Akten vernichtet worden.

Das wäre der für Liter günstigste Fall, es hätte dann noch nicht einmal einen Hinweis auf Jan Bunk gegeben, geschweige denn auf die von ihm geführten IMs. Liter ging in seinen Überlegungen von dem für ihn ungünstigsten Fall aus, daß es eine Akte von Bunk gab.

Jan hatte ihm immer wieder versichert, daß er den Klarnamen von IM Milch der Stasi gegenüber geheimhalten werde. Er hatte ihm geglaubt. Wenn Jan nicht dichtgehalten hatte, dann stand sein Name in der Gauck - Akte. Wenn das aber der Fall war, dann hätte die Polizei ihn längst verhaftet. Er war aber nicht verhaftet. Folglich konnte sein Name nicht in der Akte gestanden haben, vorausgesetzt es gab überhaupt eine.

Liter wurde etwas ruhiger. Er wußte, daß Teile der Stasi nach der Wende vom russischen Geheimdienst übernommen worden waren. Möglicherweise

112

arbeitete ein ehemaliger Vorgesetzter von Jan für die Russen, der jetzt versuchte, Jans Quellen zu aktivieren. Woher kannte der seinen Klarnamen? Liter hielt es für möglich und auch wahrscheinlich, daß ein militärisch denkender Mensch, anhand der Informationen, die er über die Jahre geliefert hatte, in der Lage war, die Position des Spitzels in einem militärischen Verband zu bestimmen. Hinzu kam, daß Standort und Einheit bekannt waren. Der Rest war dann eine Kleinigkeit. Das mußte es sein, die Russen hatten ihn aufgeklärt und versuchten, ihn wieder zu aktivieren. Daß das genau zu der Zeit passierte, als die Polizei wegen des Mordes an Jan Bunk ermittelte, war Zufall, einfach nur Zufall.

Klar wußte der Vorgesetzte, wo die Briefkästen waren, mußte er ja, für den Fall, daß Jan etwas zustieß. Liter war erleichtert. Nicht die Polizei war ihm auf den Fersen, sondern ein Geheimdienst, wahrscheinlich der Russische.

Im Gegensatz zu Polizei und MAD konnte man sich mit denen arrangieren.

Liter beschloß, morgen den toten Briefkasten aufzusuchen.

9. Kapitel

Holzer hatte eine Idee, eine gute Idee, wie sein Freund Fleuth fand, mit der sie den Major richtig aufschrecken wollten. Holzer fuhr nach Westerburg und gab besagtes Telegramm an den Major auf.

Sie hatten lange an dem Text gearbeitet, bis er von der Art war, von der sie glaubten, daß der Major darauf anspringen würde. Es gab eine Ungereimtheit in dem Telegramm, die Holzer aber nicht für allzu schlimm hielt. Es war die Kenntnis des Klarnamens von IM Milch. Da konnte und sollte sich Liter den Kopf drüber zerbrechen.

Holzer war trotz alledem nicht ganz zufrieden, sie hatten zwar einen Plan entwickelt mit dem Liter als IM überführt werden konnte, den Mörder von Jan Bunk hatte man dann aber immer noch nicht, zumindest nicht überführt. Liter sollte mit dem Telegramm aufgeschreckt und veranlaßt werden, zu dem Briefkasten zu gehen. Dort würde er eine Botschaft bzw. einen neuen Auftrag finden.

Holzer und Fleuth hatten lange überlegt, welchen Auftrag sie IM Milch geben wollten und wie und in welcher Form sie mit ihm kommunizieren sollten. Fleuth hatte dann gemeint, daß das eigentlich egal sei, da Liter in einer Ausnahmesituation sei. Er hatte keine Ahnung, höchstens Vermutungen, über seine Ansprechpartner. Er mußte höchst verunsichert sein und würde eventuelle Fehler von ihrer Seite bestimmt nicht bemerken.

Holzer hatte aus der Zeitung erfahren, daß eine Einheit aus der hiesigen Kaserne als Friedenstruppe, in den Kosovo verlegt werden sollte. Sie waren zwar beide militärische Laien, aber IM Milch sollte militärische Informationen beschaffen, da das für ihn am einfachsten war. Er war mit Fleuth zu der Überzeugung gekommen, daß Truppenstärke, Art des Auftrags und Informationen über die Führungsoffiziere der Kosovotruppe für den russischen Geheimdienst interessant sein könnten. Dies zu erkunden und weiterzuleiten, das sollte die Falle für IM Milch werden.

Holzer hatte sich an seinen Computer gesetzt und ein entsprechendes Schriftstück aufgesetzt. Er hatte noch angemerkt, da er die Briefkastenzeiten von IM Milch nicht kannte und um die ganze Aktion in einem wichtigen Licht scheinen zu lassen, daß die Angelegenheit äußerst dringlich sei und die Briefkastenzeiten für diesen speziellen Fall außer Kraft gesetzt seien. Sie hatten es dann beide, während eines Spaziergangs, am Mittwochabend in dem Hohlraum des Kreuzes deponiert. Erst wollten sie den Briefkasten überwachen. Fleuth meinte aber dann, daß dies nicht notwendig sei. Sie brauchten nur jeden Tag nachzusehen, ob das Schriftstück noch da sei. Dann, wenn das Schriftstück weg war, mußten sie den Briefkasten überwachen. Holzer wollte erst dann die beiden Kriminalen informieren. Er ahnte dunkel, daß sie ihre Falle nicht gutheißen würden und wollte sie vor vollendete Tatsachen stellen.

Holzer war, nachdem er sich am Mittwoch abend von Fleuth getrennt hatte, in die Gaststätte Kasper gegangen. Dort war nicht viel los. Von der Leiche an der Grillhütte sprach kaum noch jemand, das Interesse der Öffentlichkeit hatte sich anderen Dingen, z.B. dem bevorstehenden Weinfest, zugewandt. Im Westerwald gab es zwar keinen Wein, listige Weinbauern veranstalteten jedoch jährlich ein Weinfest, um sich hier, bei der Bier und Wacholder trinkenden Bevölkerung, neue Märkte zu erschließen.

Holzer trank ein paar Bier und ging dann nach Hause. Als er die Haustür aufschloß, klingelte das Telefon gerade zum letzten Mal. Holzer dachte: Pech gehabt. Der Anrufer war Rübsam gewesen, der den ganzen Abend versucht hatte, Holzer zu erreichen. Er wollte ihn zurückpfeifen und die ganze Aktion abblasen, da er ihn nicht erreichen konnte, beschloß er, noch einen Tag zu bleiben. Das war er dem seltsamen Mann, den er schätzen gelernt hatte, einfach schuldig, Er sagte dem Wirt, daß er noch einen Tag bleiben würde.

Hauptkommissar Dreck hatte, nachdem sie von Koblenz zurück waren, seine Sachen gepackt und war zu seiner Dienststelle zurückgefahren. Rübsam verbrachte den Abend alleine im Fernsehraum des Hotels. Er war ein wenig frustriert, teils weil er den Abend hier rumhängen mußte, teils weil der Fall Bunk so unrühmlich für sie endete. Sie hatten erfolgreich ermittelt, hatten die Identität des Toten festgestellt, seine Stasiverbindungen aufgedeckt und nebenbei noch zwei IMs enttarnt. Eineinhalb Ims, verbesserte sich Rübsam.

Gerade hatte im Fernsehen die Tagesschau angefangen. Die reden auch nur noch Stuß, dachte Rübsam, als ein Abgeordneter sagte: „Das Sparprogramm muß überdacht werden."

Walmdach oder Satteldach, fragte sich Rübsam.

Danach lief die Familienserie „Klemperer – Ein Leben in Deutschland." Im Prinzip interessierte ihn der Stoff, er war aber, so fand er, sehr langatmig verfilmt, obwohl die schauspielerische Leistung der Hauptakteure gut war. Rübsam schaltete bald um.

Gegen 22°° Uhr ging er mißmutig ins Bett. Am nächsten Morgen, er hatte seine Sachen gepackt und ausgiebig gefrühstückt, rief er Holzer an. Er war zu Hause. Rübsam sagte: „ Ich bin in zehn Minuten bei ihnen."

Holzer hatte so ein Ziehen im Nacken, die Stunde der Wahrheit nahte.

Es klingelte.

Holzer begrüßte den Wachtmeister und führte ihn in das Wohnzimmer.

„Ich will mich gar nicht setzten", sagte Rübsam, „ich wollte mich von Ihnen verabschieden und Ihnen sagen das der Fall für uns zu Ende ist. Der MAD übernimmt die weiteren Ermittlungen."

Holzer lachte und sagte: „Net so schnell Kommissar, setze sie sich doch liewer, ich habb Ihne watt zu sache, un dat kann länger dauern."

Rübsam schaute ihn überrascht an und setzte sich.

„Also", sagte Holzer, „mir ham dem Liter en Fall gestellt, der Fleuth un ich."

Rübsam guckte unwirsch: „ Sie haben Fleuth eingeweiht?"

„Dat is mein Kumpel, un außerdem hat der gude Ideen."

Dann erzählte er Rübsam die Einzelheiten ihrer Falle.

Rübsam war beeindruckt.

„Die Geschicht läuft, da könne mir gar nix mehr mache, der Liter wird de Zeddel hole un dann wern merr sehn", sagte Holzer.

„Mann, Mann", sagte Rübsam, „ich komme in Teufels Küche."

„Wann hat denn der Milch sei Briefkastezeite, Sie ham mir zwar gesacht, daß die nur an bestimmte Zeite an die Briefkäste dürfe, abber net wann", fragte Holzer.

„Morgen, morgen, von 19^{00} Uhr bis 21^{00} Uhr hat IM Milch seine Zeit."

„Dann holt der morgen sein Zettel", sagte Holzer nachdenklich.

„Wir werden den Briefkasten morgen abend beobachten. Haben Sie ein Fernglas, Holzer?"

Holzer bejahte.

„Wissen Sie einen guten Platz, von wo wir das Kreuz beobachten können, ohne selbst gesehen zu werden", fragte Rübsam.

Holzer überlegte kurz, dann nickte er.

„Gut, ich komme morgen um 18^{30} Uhr bei Ihnen vorbei."

„Was ist mit dem Fleuth?" fragte Holzer.

„Der muß mit."

„Sagen Sie Ihrem Freund ab, zwei Mann sind mehr als genug, alles andere ist ein Volksauflauf und den können wir am wenigsten gebrauchen."

Holzer mußte Rübsam recht geben. Er rief Fleuth an und erstattete Bericht. Fleuth war es gar nicht so unrecht, daß er an der Beobachtungsaktion nicht teilzunehmen brauchte. Zum einen befürchtete er, als Verwaltungsbeamter, Konflikte mit dem Dienstrecht, zum andern hatte er keine Lust, stundenlang irgendwo rumzuhängen, die Abende waren doch schon empfindlich kalt.

Rübsam verabschiedete sich und fuhr ins Hotel zurück. Der Wirt war einigermaßen überrascht, als Rübsam wieder auftauchte. Er bekam sein altes Zimmer wieder und erzählte dem Wirt, daß er noch zwei Tage Urlaub drangehängt hatte.

Von seinem Zimmer aus, rief er Hauptkommissar Dreck an. Er teilte ihm mit, was er von Holzer erfahren hatte, außerdem bat er um zwei Tage Urlaub. Mit dem Urlaubsgesuch versuchte Rübsam, das Dilemma des Hauptkommissars zu umgehen. Einerseits mußte er den Anordnungen des Oberkriminalrats folgen, andererseits war der Hauptkommissar sehr unzufrieden mit dem Ausgang des Falls. Der Hauptkommissar dachte einen Augenblick nach, dann sagte er: „In Ordnung, Rübsam, mach zwei Tage Urlaub, du hast die letzten Tage nicht ganz so gut ausgesehen. Schone dich und ruhe dich aus."

„Danke Hauptkommissar, ich halte Sie auf dem Laufenden."

Am nächsten Tag, kurz vor Mittag, trafen zwei neue Gäste im Hotel Westerwald ein. Rübsam hatte gerade sein Mittagessen bestellt und schaute sich, während er auf das Essen wartete, die beiden Neuankömmlinge genau an. Über Geheimdienstmitarbeiter gab es ja jede Menge Klischees: Schlapphüte, Trenchcoat etc. Die beiden Neuankömmlinge entsprachen in keinster Weise einem dieser Klischees, und doch hatte Rübsam sie sofort als Mitglieder von einem der „Horch und Guckvereine" identifiziert.

Wahrscheinlich MAD, dachte Rübsam, wenigstens hatte der Oberkriminalrat den MAD angekündigt.

Die beiden Herren nahmen Einzelzimmer und fragten den Wirt wie lange man zu Mittagessen könne, dann zogen sie sich auf ihre Zimmer zurück.

Rübsam speiste fürstlich, er genoß die Abwesenheit des Hauptkommissars, dem es immer wieder gelungen war, ihm das Essen, durch seine anzüglichen Bemerkungen zu vermiesen. Rübsam ließ sich Zeit. Er hatte ja Urlaub. Er beschloß, einen Spaziergang zu machen und dabei das Gelände um den Briefkasten zu erkunden. Dabei mußte er äußerste Vorsicht walten lassen. Er hatte sich schon vor Tagen eine Wanderkarte besorgt, mit deren Hilfe er jetzt die Erkundung plante.

Er ging die Hauptstraße hinunter bis zum Ortsende, dann bog er nach rechts in die Seitensteinstraße ein und ging an einem Aussiedlerhof vorbei in Richtung Wald. Im Wald bog er scharf nach rechts und ging, durch den Wald gedeckt, in Richtung Butterweck.

Liter hatte eine schlaflose Nacht hinter sich. Er war nach langem Grübeln zu folgender Interpretation der Ereignisse gekommen. Ein ehemaliger hoher Stasi, vielleicht der Vorgesetzte von Bunk, war vom russischen Geheimdienst übernommen worden. Jetzt versuchte man, ihn und andere wichtige IMs wieder zu aktivieren. Es mußte ganz einfach so sein, da es für die seltsamen Vorgänge keine andere Erklärung gab. Ganz sicher war sich Liter allerdings nicht, und so verbrachte er die Nacht schlaflos. Er rief seinen Vorgesetzten an und nahm, wegen dringender Familienangelegenheiten, Urlaub. Seine Frau und die Kinder waren den ganzen Tag außer Haus, so daß er tagsüber alleine war.

Nach dem Frühstück, die Familie hatte gerade das Haus verlassen, rief er im Rathaus an. Er wollte vom Bürgermeister, den Stand der polizeilichen Ermittlungen wissen. Im Rathaus war noch niemand. Er schaute auf die Uhr, es war kurz vor acht, er mußte noch eine halbe Stunde warten. Kurz vor neun erreichte er den Bürgermeister. Von diesem erfuhr er, daß der Hauptkommissar gestern im Rathaus gewesen war und dem Bürgermeister das vorläufige Ende der Ermittlungen mitgeteilt hatte. Der Hauptkommissar war schon abgereist, sein Assistent wollte noch zwei Tage Urlaub machen, hatte der Bürgermeister über einen der, für Außenstehende nicht nachvollziehbaren Informationskanäle erfahren. Liter war erleichtert, ihm fiel eine ganze Steinlawine vom Herzen. Hatte er doch recht gehabt. Die Polizei hatte mit der Kontaktaufnahme nichts zu tun. Sie hatten die

Ermittlungen eingestellt. Liter lief beschwingt durchs Haus. Mit den Russen würde er schon einig.

Rübsam spielte den Urlauber. Er ging langsam, durch das Buschwerk des Waldes gedeckt, in Richtung Butterweck. Er überquerte den Friedhofsweg und kurz darauf die Bundesstraße. Bisher war ihm niemand begegnet, er hoffte, daß es so bleiben würde und ging besonders vorsichtig, immer auf Deckung achtend, in Richtung Butterweck. Als er das Kreuz sehen konnte, verharrte er und sondierte das Gelände.

Er überlegte, welchen Beobachtungspunkt Holzer wohl ausgewählt hatte, konnte aber nichts Geeignetes entdecken. Hoffentlich hatte Holzer bedacht, daß man die gesamte Umgebung des Kreuzes einsehen konnte. Man mußte auch hinter es schauen können. Da das Kreuz am Waldrand stand, konnte sich IM Milch auch von hinten nähern. Ein Rohbau fiel Rübsam auf. Er stand zweihundert Meter südöstlich des Kreuzes. Aus ihm konnte man das gesamte Vorfeld einsehen, sowie schräg hinter das Kreuz schauen. Wenn sich jemand hinter dem Kreuz zu schaffen machte, dann mußte man es von dort unbedingt sehen.

Rübsam war zufrieden, er war sich ziemlich sicher, daß Holzer denselben Beobachtungspunkt im Auge hatte. Er blieb eine Weile sitzen und überdachte die letzten Tage. Dieser Fall war mit Sicherheit der merkwürdigste, den er in seiner kurzen Laufbahn erlebt hatte. Sie hatten einen 10 Jahre alten Mordfall untersucht und waren mitten in einer Stasigeschichte gelandet.

Rübsam war 25 Jahre alt und zur Zeit der Wende gerade 15 geworden. Die Stasi kannte er nur vom

Hörensagen, er hatte immer gedacht, das sei ein anachronistischer Verein, der von alten Tattergreisen geführt worden war. Jetzt war er mit der realen Stasi konfrontiert und manchmal lief im ein kalter Schauer über den Rücken.

An diesem Fall konnte man exemplarisch sehen, wie weit die Stasi in die westliche Gesellschaft eingedrungen war, unentdeckt, nur der Zufall hatte es ans Licht gebracht. In ihren Diensten nicht nur Abenteurer und labile Typen, sondern Beamte, die einen Eid auf diesen Staat und seine Verfassung geleistet hatten.

Selbst vor dem kleinen Westerwaldstädtchen hatte sie nicht haltgemacht. Rübsam hing noch eine Weile seinen Gedanken nach, bevor er den Rückweg in die Stadt antrat. Er wollte ein Zusammentreffen mit den Schlapphüten vermeiden, deshalb steuerte er das Eiscafe an. Er bestellte sich einen Kaffee nach dem anderen und hatte bald die Tageszeitung und die Wochenmagazine ausgelesen. Langsam kroch der Zeiger der Wanduhr auf 18°°Uhr. Rübsam zahlte und machte sich auf den Weg zu Holzer.

Er war zu früh.

Holzer führte ihn ins Wohnzimmer. Er hantierte in der Küche und kam bald darauf mit einer Thermoskanne Tee.

„Für den Fall, dat et länger wird", sagte er.

Rübsam nickte.

„Welche Stelle hatten Sie sich denn als Beobachtungsposten ausgedacht?" fragte er Holzer.

„Et kommt nur eine in Frage", sagte Holzer.

„Da gibt et en Rohbau, da is jetz keiner mehr. Die Arbeiter hamm jetz Feierabend und von da kann mer alles sehn, auch wenn einer von hinne an et Kreuz kommt."

Rübsam nickte, er ging davon aus, daß Holzer den gleichen Bau meinte wie er. Holzer hatte die Thermosflasche, 2 Becher und das Fernglas in eine Leinentasche gepackt. Sie machten sich auf den Weg und verließen den Ort auf dem schnellsten Weg.

Unbehelligt erreichten sie den Rohbau und betraten sofort das Erdgeschoß. Sie hofften, daß sie von niemandem gesehen worden waren. Über eine Leiter erreichten sie den ersten Stock und bezogen Posten an einem Giebelfenster. Von hier aus konnten sie das Kreuz gut beobachten, man konnte auch den Raum hinter dem Kreuz, wo der lose Stein war, gut einsehen. Sie machten es sich gemütlich, indem sie 2 Stühle aus dem Erdgeschoß holten, offensichtlich waren es die Pausenstühle der Bauarbeiter. Es wurde 19^{00} Uhr und Rübsam sagte: „Ab jetzt läuft die Zeit."

Es passierte nichts. Die Uhr zeigte 20^{15}. Rübsam und Holzer saßen schweigend nebeneinander.

Rübsam sagte: „Ich glaube eigentlich nicht, daß sich noch was tut."

„Abwarten, Kommissar, abwarten", sagte Holzer, „alleweil, da kommt er."

Rübsam deutete auf eine Gestalt, die sich langsam, auf einem Feldweg, dem Kreuz näherte. Es dämmerte schon, so daß nur die Umrisse der Gestalt zu erkennen waren. Holzer schaute durch sein Fernglas. Nach einer Minute sagte er: „Er isses."

Holzer reichte Rübsam das Fernglas. Rübsam hatte Liter nur einmal gesehen, trotzdem erkannte er ihn sofort. Sie zogen sich etwas in die Tiefe des Rohbaus zurück, um nicht von außen gesehen zu werden. Liter näherte sich dem Kreuz und ging an ihm vorbei. Nach etwa 30 Metern bog er nach rechts in den Wald und war nicht mehr zu sehen.

„Mist", sagte Rübsam, „ jetzt haben wir ihn verloren."

„Der is gleich widder da, der kommt von hinne, durchs Unnerholz, da isser, sehnse die Gestalt hinncrm Kreuz?"

Rübsam sah zwar keine Person, aber irgend etwas bewegte sich hinter dem Kreuz. Nach kurzer Zeit hörten die Bewegungen auf. Rübsam und Holzer saßen bewegungslos auf ihren Stühlen.

Plötzlich trat eine Gestalt aus dem Wald und ging Richtung Stadt.

Es war Liter. Als er vorbei war sagte Holzer: „Dat war der erst Akt."

Sie warteten noch 5 Minuten, dann stellten sie die Stühle zurück und verließen den Rohbau.

Sie gingen zu Holzer. Holzer rief Fleuth an und öffnete dann eine Flasche Rotwein. Er füllte 2 Gläser.

„Auf unsern Erfolg", sagte Holzer und hob sein Glas. Rübsam prostete Holzer zu. Es klingelte. Holzer trank einen Schluck und ging dann zur Tür. Es war Fleuth. Nachdem Holzer ein drittes Glas geholt hatte, berichtete er Fleuth vom Verlauf ihrer Aktion. Fleuth hatte das Jagdfieber gepackt.

„Wie geht es weiter, was tun wir als nächstesß" fragte er.

„Tja", sagte Holzer, kratzte sich am Kopf und schaute Rübsam an.

„Kann ich mal die Nachricht haben, die sie für IM Milch geschrieben haben?" fragte Rübsam.

Holzer ging zu seinem Computer und druckte ihm die Nachricht aus. Rübsam studierte sie aufmerksam, dann sagte er: „Diese von Ihnen verlangten Informationen sind für einen Major leicht zu besorgen. Weiterhin machten Sie die Sache dringlich, das bedeutet, daß er morgen Abend versuchen könnte, die Information zu deponieren."

„Wenn er überhaupt mitspielt", sagte Holzer.

„Er hat keine Wahl", sagte Rübsam, „was glauben Sie was passiert, wenn herauskommt, daß er für die Stasi gearbeitet hat, von dem Mord will ich gar nicht reden. Die gesamte Existenz von Liter steht auf dem Spiel, der Mann ist gefährlich, denken Sie bitte immer daran."

„Was tun wir jetzt?" fragte Fleuth wieder.

„Ich muß erst mit meinem Boß reden", sagte Rübsam und ging in die Küche.

Dort rief er Hauptkommissar Dreck an und schilderte ihm die Ereignisse. Dreck dachte kurz nach, dann sagte er: „In Westerburg gibt es eine Bahnhofsgaststätte. Wir treffen uns morgen gegen 9^{oo} Uhr dort. Bis dahin keine Einzelaktionen, Rübsam."

Rübsam ging ins Wohnzimmer zurück und teilte seinen neuen Freunden den Inhalt des Gesprächs mit. Holzer bestand darauf mitzufahren. Nach langer Diskussion stimmte Rübsam zu. Fleuth mußte zum Dienst, was er sehr bedauerte. Sie heckten einige Pläne für den nächsten Tag aus und leerten dabei noch eine Flasche Rotwein. Danach machten sie sich auf den Heimweg. Fleuth mußte sich eingestehen, daß er einen Schwipps hatte.

10. Kapitel

Rübsam hatte Holzer abgeholt und traf mit ihm um 8^{45} Uhr am Bahnhof Westerburg ein. Die Gaststätte war leer und der Wirt war erstaunt über die frühe Kundschaft.

Rübsam hatte noch nicht gefrühstückt. Er bestellte sich Kaffee und belegte Brötchen. Dreck hatte sich etwas verspätet und kam erst gegen 9^{15} Uhr. Er war nicht besonders erfreut, als er Holzer sah. Schließlich machte er gute Miene zum bösen Spiel. Er bestellte sich ein Kännchen Kaffee und wartete darauf, daß der Wirt den Kaffee brachte.

Nachdem der Wirt gegangen war, sagte Dreck: „Der Grund für meine Verspätung war der Besuch bei der Westerburger Trachtengruppe. Ich habe mir dort logistische Unterstützung organisiert."

„Trachtengruppe, was is dat denn?" fragte Holzer.

„Wir zivilen Polizisten bezeichnen die uniformierten Kollegen gerne als Trachtengruppe", erklärte Rübsam.

„Ja", sagte Dreck, „die Hilfe der uniformierten Kollegen werden wir wohl brauchen."

„Was haben Sie vor Hauptkommissar", fragte Rübsam, „Sie haben doch schon einen Plan?"

„Wir werden Milch oder Liter heute überwachen. Wenn er den toten Briefkasten bestückt greifen wir zu."

Er breitete ein Meßtischblatt aus, das die Umgebung des Butterwecks zeigte.

„Hier in Westerburg halten sich zwei Streifenwagen mit jeweils zwei Kollegen bereit. Wenn Liter das

Haus oder die Kaserne verläßt und in Richtung Butterweck geht, werden die beiden Streifenwagen informiert, die sich dann aus Richtung Hellenhahn über diese Wege dem Kreuz nähern."

Dreck zeigte 2 Feldwege auf der Karte.

„Hier", er zeigte auf zwei Orte auf der Karte, „werden die Streifenwagen auf ihren Einsatz warten."

Dreck war mit seinen Ausführungen zu Ende und schaute sich erwartungsvoll in der Runde um.

Rübsam nickte zustimmend und meinte: „Hauptkommissar, wir müßten rauskriegen, ob Liter in der Kaserne oder zuhause ist."

„Krieg's raus, Rübsam", forderte der Hauptkommissar ihn auf.

Rübsam zog sein Handy aus der Tasche und ließ sich von der Auskunft die Nummer der Kaserne und Liters Privatnummer geben.

In der Kaserne teilte man ihm mit, daß Liter Urlaub habe.

„Na, ist doch bestens", sagte Dreck.

„Rübsam, du überwachst das Haus von Liter, während ich mich ein wenig am Butterweck umsehe."

Er reichte Rübsam ein Handfunkgerät und sagte : „Der Kanal ist eingestellt, die Westerburger Kollegen können mithören."

Rübsam und Holzer fuhren zurück und postierten sich in der Nähe von Liters Haus. Ihr Standort war hinter einer Buschgruppe so gewählt, daß sie den Eingangsbereich gut einsehen konnten, ohne selbst allzusehr aufzufallen.

Sie rechneten nicht damit, daß sich in den nächsten Stunden etwas ereignen würde, und hatten sich auf einen langen Tag eingestellt.

Hauptkommissar Dreck war inzwischen auf Umwegen zum Butterweck gewandert. Sein Funkgerät stand auf Empfang, obwohl auch er nicht damit rechnete, daß jetzt schon was passieren würde. Er untersuchte, anhand der Karte, das gesamte Umfeld des Kreuzes und war sehr zufrieden. Die Zufahrtswege für die Streifenwagen waren optimal.

Währenddessen saß Liter zu Hause an seinem Computer und schrieb den Bericht. Er bereitete ihm keine große Mühe, da er selbst mit den Vorbereitungen des Kosovo - Einsatzes betraut gewesen. Er fragte sich nur, was die Russen mit diesen Informationen wollten, die konnten sie in jeder besseren Zeitung nachlesen. Wahrscheinlich handelte es sich um einen Test, man wollte seine Zuverlässigkeit prüfen. Liter hatte in dem Bericht mehr geschrieben als er sollte, so hatte er auf Stärken und Schwächen der beteiligten Offiziere und Unteroffiziere hingewiesen, auch auf auffällige Mannschaftsdienstgrade hatte er hingewiesen. Liter war zufrieden mit seinem Bericht.

Er hatte sich entschlossen, den Kassiber schon heute Nachmittag zurückzubringen, seine Auftraggeber hatten die Sache ja dringlich gemacht. Er spielte mit dem Gedanken, sich auf die Lauer zu legen und seinen unbekannten Auftraggebern abzupassen, verwarf diesen Gedanken aber dann wieder, weil er wußte, daß mit Geheimdiensten nicht zu spaßen war.

Die beiden Männer, die Rübsam bei ihrer Ankunft im Hotel Westerwald gesehen hatte, waren tatsächlich vom MAD. Den Wirt hatten sie, da sie ja für einen Geheimdienst arbeiteten, nicht eingeweiht. Der aber machte sich so seine Gedanken über die sich auffällig, unauffällig verhaltenden Gäste. Ihm war auch nicht entgangen, daß Rübsam die beiden scharf beobachtet hatte. Offiziell hatten sie Geschäfte in Herborn gemacht und wollten jetzt ein wenig in der Gegend herumlaufen und sich erholen. Sie hatten es sich abends in ihren Zimmern bequem gemacht und hatten die Berichte von Rübsam und Dreck noch einmal aufmerksam gelesen. Den letzten Bericht, der, den die beiden Kriminalen bei ihrem Rapport dem Oberkriminalrat übergeben hatten, den hatten sie noch nicht. Aus den Berichten ging ganz klar hervor, daß es hier in der Kaserne einen Stasispitzel gegeben hatte. Vor 10 Jahren hatten sie schon einmal gegen Jan Bunk ermittelt, der war aber damals spurlos verschwunden. Jetzt hatte sich herausgestellt, daß dieser Bunk einen Spitzel innerhalb der Kaserne installiert hatte, dessen Führungsoffizier er gewesen war.

Am nächsten Morgen hatten die beiden Schlapphüte einen Termin bei dem Kommandeur der Kaserne. Sie unterrichteten ihn über die Ermittlungen der Kripo und baten ihn um seine Mitarbeit. Der Kommandeur, ein Oberstleutnant, lief aufgeregt in seinem Büro hin und her. Er bestritt vehement, daß einer seiner Offiziere ein Spitzel sei oder war. Die meisten von ihnen würde er seit Jahren kennen, mit einigen sei er befreundet. In mustergültiger Weise stellte er sich vor seine Leute. Er hatte keinerlei Verdacht und betonte, daß er für seine Offiziere die Hand ins Feuer legen würde.
Nachdem die beiden Geheimen ihm versichert hatten, daß die Vorfälle und Ereignisse, um die es hier ging, vor seiner Amtszeit geschehen waren, wurde er kooperativer. Er ließ, von der Schreibstube eine Liste sämtlicher Offiziere und Unteroffiziere anfertigen, die vor 10 Jahren schon in der Kaserne stationiert gewesen waren. Es waren nur 8 Personen, die

in der fraglichen Zeit hier in der Kaserne ihren Dienst versehen hatten.

Liter hatte sich seinen Jogginganzug angezogen und das Haus verlassen.

„Es geht los", sagte Rübsam.

Sie warteten, bis Liter um die Ecke verschwunden war, dann fuhr Rübsam los, überholte Liter und fuhr die Straße lang bis zur Kirche. Holzer stieg aus und ging ein Stück zurück. Dort bückte er sich und band sich die Schuhbänder umständlich zu.

Liter kam die Straße hoch und bog nach links ab. Er hatte aufgehört zu traben und ging jetzt Richtung Hauptstraße. Holzer folgte ihm, nachdem er Rübsam ein Zeichen gegeben hatte. Nachdem der Major die Hauptstraße überquert hatte, ging er den Friedhofsweg hoch. Das reichte, mehr brauchte Holzer nicht zu wissen. Liter war auf dem Weg zum Butterweck. Holzer ging zur Kirche zurück und stieg zu Rübsam in das Auto.

„Die Sache läuft", sagte er zu Rübsam, „er ist auf dem Weg zum Butterweck."

Rübsam informierte über Funk seinen Vorgesetzten Dreck und die Trachtengruppe aus Westerburg. Dann fuhren sie mit dem Auto in die Nähe des Rohbaus, auf dem heute gearbeitet wurde. Vor dem Bau standen drei Autos, die offensichtlich den Bauarbeitern gehörten. Sie stellten sich einfach dazu. Von hier aus konnten sie das Kreuz sehen und auch ein Stück des Wegs, den Liter kommen mußte. Sie blieben im Auto sitzen und Rübsam gab Dreck seine Position durch.

Dreck war etwa 50 Meter hinter dem Kreuz in einem Unterholz in Stellung gegangen. Die Streifenwagen waren schon durch Hellenhahn gefahren und näherten sich ihren Bereitschaftspunkten. Sie warteten.

„Er kommt", sagte Rübsam in das Funkgerät.

„Verstanden", sagte Dreck.

„Verstanden", meldeten die Besatzungen der beiden Streifenwagen.

Liter lief den Feldweg entlang. Bisher hatte er nichts Verdächtiges feststellen können. Als er an dem Bau vorbei lief, sah er die Arbeiter, wie sie im ersten Stock die Wände verputzten Dann bog er an der gleichen Stelle wie gestern in den Wald ein. Rübsam und Holzer warteten einen Augenblick, dann verließen sie das Auto und gingen Richtung Feldweg, so daß Liter, wenn er wieder zurücklief, ihnen entgegen kommen mußte.

Dreck hatte, als er Liter im Wald sah, die Streifenwagen angefordert. In zwei Minuten mußten sie da sein. Er sah, wie Liter sich an dem Kreuz zu schaffen machte, eine Weile verharrte und dann den gleichen Weg wieder zurücklief. Dreck folgte ihm.

Als Liter den Wald verließ, prallte er fast mit Rübsam zusammen. Er wollte sich entschuldigen, aber Rübsam kam ihm zuvor und sagte: „Herr Liter, Sie sind vorläufig festgenommen wegen des Verdachts, der nachrichtendienstlichen Tätigkeit gegen die Bundesrepublik Deutschland und wegen des Verdachts, Jan Bunk ermordet zu haben."

Dann klackten die Handschellen. Inzwischen waren die Streifenwagen und Hauptkommissar Dreck herbeigekommen.

Liter war grau im Gesicht.

Der Hauptkommissar sagte: „Das Spiel ist aus, Herr Liter oder IM Milch."

Eine Streifenwagenbesatzung brachte Liter nach Westerburg zur Dienststelle.

„Dat ging ja wie beim Hühnerwämse", sagte Holzer.

„Gut gemacht, Rübsam", sagte der Hauptkommissar, „nur müssen wir uns beeilen. Wenn die Schlapphüte mitkriegen, daß wir Liter alias Milch haben, werden die ihre Ansprüche geltend machen. Das wird eine lange Nacht."

Rübsam und Dreck fuhren nach Westerburg. Holzer hatte mitgewollt, aber der Hauptkommissar hatte ein Machtwort gesprochen. Die beiden waren sich aus irgendeinem Grunde nicht grün.

In der Dienststelle gab es keinen Vernehmungs- raum, so daß sie in den Aufenthaltsraum auswei- chen mußten. Nachdem sie einen Kaffee getrunken hatten, ließen sie sich Liter vorführen. Der Mann war innerhalb von einer Stunde um Jahre gealtert.

Nachdem Hauptkommissar Dreck ihn mit der Be- weislage konfrontiert hatte, gestand er seine jahre- lange Stasimitarbeit. Von dem Mord an Jan Bunk wollte er allerdings nichts wissen, und tatsächlich gab es viele Gründe, die gegen ihn als Täter spra- chen. So hatte er zum Zeitpunkt von Bunks Ver- schwinden noch an den Folgen eines schweren Au- tounfalls zu leiden, was ihn als Täter eher aus- schloß.

In einer Vernehmungspause stellte Dreck fest, daß sie nicht in ihr Hotel zurück konnten, da sie dort den MAD - Leuten in die Arme laufen würden.

Rübsam buchte 2 Zimmer in einem Westerburger Hotel.

Dreck und Rübsam saßen sich schweigend gegen- über.

Plötzlich sagte Rübsam: „Gerade weil Liter gesund- heitlich angeschlagen war, spricht das für ihn als Täter."

Dreck schaute ihn überrascht an und sagte: „Sprich nicht in Rätseln Rübsam."

Rübsam grinste.

„Denken Sie mal ein paar Tage zurück, Hauptkommissar, da sagten Sie, wenn wir wissen, warum die Leiche neben der Grillhütte vergraben worden ist, dann kennen wir auch den Täter. Ich weiß, warum die Leiche neben der Grillhütte vergraben worden ist."

„Mann, Rübsam komm endlich mit Deinen Erkenntnissen über den Tisch, du machst mich wahnsinnig!"

„Aber Hauptkommissar", sagte Rübsam schadenfroh, „Sie haben mir die Lösung des Mordes doch selbst gesagt."

Rübsam merkte, daß der Hauptkommissar kurz vor einer Explosion war.

Schnell sagte er: „Sie sagten, daß es nur einen Grund geben könnte, die Leiche an der Grillhütte zu begraben, nämlich wenn es sich bei dem Täter um eine Frau oder um einen schwachen Mann handeln würde. Nun ist Liter beileibe kein schwacher Mann, sondern ein durchtrainierter Berufssoldat, aber er hatte ein Handcap, er war verletzt."

Dreck starrte ihn an und rief: „Das ist es, Rübsam, er war verletzt, er hatte den rechten Arm in Gips, er konnte die Leiche nicht beseitigen!"

Dreck war aufgesprungen und lief in dem Zimmer auf und ab.

„Das beweist nichts, Rübsam, es ist ein Indiz, nicht mehr und nicht weniger."

„Es gibt noch ein anderes Problem", sagte Rübsam.

„Wie konnte ein zwar großer, aber angeschlagener Mann wie Liter einen ebenfalls nicht kleinen Mann erschlagen?"

„Heimtücke, Rübsam, durch einen heimtückischen Schlag von hinten", sagte Dreck.

Plötzlich stutzte er.

„Ist der Obduktionsbericht greifbar?"

„Klar", im Auto, ich hole ihn."

Nach kurzer Zeit kam Rübsam mit dem Obduktionsbericht zurück.

Er gab ihn Dreck, der hektisch in dem umfangreichen Werk blätterte.

„Hier", rief Dreck , „hier ist die Lösung des Falls, Rübsam. Bei der Obduktion wurden Calciumsulfatspuren an den zertrümmerten Schädelknochen gefunden!"

„Gips, natürlich, ich habe doch extra nachgefragt, Calciumsulfatspuren sind Gipsspuren", rief Rübsam, „er hat Jan Bunk mit dem Gipsarm erschlagen!"

Beide waren jetzt sehr erregt, sie standen kurz vor der Lösung des Falls. Dreck hatte sich hingesetzt und sagte: „Ruhig, Rübsam ganz ruhig, wir brauchen jetzt einen klaren Kopf. Laß uns noch einmal alles zusammenfassen. Also:

1. Liter hatte ein Motiv. Er mußte nach der Wiedervereinigung damit rechnen, daß Jan Bunk verhaftet wird. Ob er dicht halten würde, wußte Liter nicht.

2. Eine merkwürdige Sache war der Fundort der Leiche. Einerseits hat der Mörder alle Spuren, die auf die Identität des Toten hinwiesen, beseitigt, andererseits war die Leiche nicht sehr gut versteckt, theoretisch hätte ein Hund sie ausgraben können.

   Den Grund dafür kennen wir jetzt, der Mörder hatte seinen Arm in Gips und war nicht in der Lage, die Leiche abzutransportieren.

3. Der zertrümmerte Schädel wies Gipsspuren auf.

„Ob das reicht?" meinte Rübsam.

„Gehen wir einmal davon aus, daß Liter der Mörder ist. Er hat, wie der Obduktionsbericht sagt, den Schlag mit großer Wucht geführt. Könnte es nicht sein, daß der Gips dabei Schaden genommen hat, daß er kaputt ging, gerissen ist?" fragte Dreck.

Rübsam stieß einen Pfiff aus: „Sie meinen, daß Liter nach dem Mord zu einem Arzt mußte, um sich den Gips erneuern zu lassen?"

„So oder so ähnlich", sagte Dreck.

„Wir brauchen also nur den Hausarzt oder das Krankenhaus zu befragen, anhand der Krankenblätter muß sich das ja rekonstruieren lassen, das war ja dann eine medizinische Dienstleistung, die abgerechnet wurde und daher aktenkundig sein muß."

„Respekt", sagte Dreck.

Sie verließen den Raum und gingen zur Arrestzelle, in der Liter untergebracht war. Liter lag auf dem Bett. Als er jemanden kommen hörte richtete er sich auf und sagte: „Ich sage nichts mehr ohne meinen Anwalt."

„Wir haben Ihren Anwalt bisher nicht erreicht", sagte Dreck, „aber wir haben auch nur ein paar Fragen zu ihren Angaben. Wir brauchen, um Ihre Aussage zu überprüfen, den Namen Ihres damaligen Hausarztes und das Krankenhaus, in dem Sie damals in Behandlung waren."

„Wenn es weiter nichts ist", sagte Liter, und nannte den Namen des Hausarztes und das Krankenhaus.

Am nächsten Morgen war Dreck beim Staatsanwalt und ließ sich die Verhaftung Liters absegnen.

Rübsam hatte den Hausarzt von Liter aufgesucht und sich sehr zum Unwillen der Patienten vorgedrängt. Der Hausarzt, ein Dr. Schmitt, hatte ihm zugehört und sich dann auf das Arztgeheimnis berufen. Rübsam hatte damit gerechnet und seine Fragen so formuliert, daß der Arzt, ohne in Konflikte zu kommen, antworten konnte.

„Herr Doktor waren Sie vor ca. zehn Jahren der Hausarzt von Herrn Erich Liter?"

„Ja", sagte der Arzt, „ich bin es heute noch."

„Wir wissen, daß Herr Liter in einen schweren Unfall verwickelt war und als Folge unter anderem einen komplizierten Armbruch hatte", sagte Rübsam.

Der Arzt nickte.

„Denken Sie jetzt bitte genau nach, Herr Doktor. Ist Herr Liter im November 1990 mit einem auf irgendeine Weise beschädigten Gipsverband zu Ihnen gekommen?" fragte Rübsam.

Rübsam hatte den Eindruck, als habe der Doktor kurz gestutzt.

Dr. Schmitt rief nach seiner Sprechstundenhilfe und verlangte das Krankenblatt von Liter. Der Arzt sah kurz in das Krankenblatt und schaute dann einen Moment zum Fenster hinaus, als wolle er verschüttetes Wissen wieder aktivieren.

Er schaute Rübsam an und sagte dann: „Da war was, ich erinnere mich deutlich, aber das war nicht im November, sondern am zwölften Dezember, wie im Krankenblatt vermerkt ist. Herrn Liter sollte der Gips abgenommen werden, und zwar endgültig. Wir mußten den Werkzeugkasten holen, der Verband war so dick, daß er mit der Schere nicht mehr zu schneiden war. Liter sagte damals, daß der Gips kaputtgegangen sei, und daß ihm ein Sanitäter in der Kaserne den Gips repariert habe, indem er einfach noch eine Gipsbinde um den bestehenden Verband herumgewickelt habe. Der Verband war dadurch so dick geworden, daß ich ihn mit Hammer und Meißel aufschlagen mußte, daß war bisher das einzige Mal, daß ich so etwas machen mußte, deshalb ist es mir noch gut in Erinnerung."

„Da war noch was", sagte der Arzt nachdenklich. „Als ich den Gips aufmachte, kamen unter der ersten Gipsschicht braune Flecken zum Vorschein, nach meiner Einschätzung war das Blut. Ich fragte Liter danach, er sagte, daß er sich verletzt habe."

Rübsam hatte aufmerksam zugehört.

Er stand auf und reichte dem Arzt die Hand: „Vielen Dank Doktor, Sie haben mir sehr geholfen."

11. Kapitel

Rübsam war nach Westerburg zur Polizeidienststelle zurückgefahren. Dreck wartete bereits auf ihn. Er hatte einen Haftbefehl für Liter.

Rübsam grinste wie ein Honigkuchenpferd.

„Spuck's endlich aus, du erstickst ja fast", sagte Dreck.

„Volltreffer."

Rübsam erzählte dem Hauptkommissar das Ergebnis seines Arztbesuches.

Der Hauptkommissar war beeindruckt.

„Jetzt brauchen wir nur noch sein Geständnis", sagte Dreck.

„Ich glaube, daß die Indizien für eine Verurteilung reichen", meinte Rübsam.

„Wir werden diesen Liter ein wenig durch die Mangel drehen."

Dreck ließ den Untersuchungsgefangenen Liter holen. Liter sah übernächtigt aus, er hatte die ganze Nacht wach gelegen und gegrübelt. Nachdem er sich gesetzt hatte, schaltete Rübsam ein kleines Bandgerät ein und lehnte sich in seinem Sessel zurück.

Eine Weile schwiegen sie. Liter starrte auf den Fußboden.

„Wie lange sind Sie bei der Bundeswehr?" fragte Dreck.

„Fast zwanzig Jahre", antwortete Liter.

„Das ist eine lange Zeit", sagte Dreck

„Wie ist das eigentlich gelaufen mit der Stasi, wie hat man Sie angeworben?" fragte Rübsam.

„Die haben mich erpreßt, die Schweine, regelrecht erpreßt", sagte Liter.

„Erpreßt?" fragte Dreck erstaunt.

„Womit hat man Sie denn erpreßt?"

Liter rutschte unruhig auf seinem Stuhl hin und her.

„Es gab da eine Frauengeschichte. Ein mir unbekannter Mann drohte mir eines Tages telefonisch damit auszupacken, wenn ich nicht für ihn arbeiten würde. Erst waren die Aufträge ja auch harmlos. Er wollte Sachen wie die Mannschaftsstärke von bestimmten Einheiten von mir wissen, alles Sachen die man selbst leicht hätte rausbekommen können. Ich machte mir in dieser Zeit richtig was vor, ich versuchte mir einzureden, daß ich von der Rüstungsindustrie bezahlt würde. Innerlich ahnte ich natürlich, für wen ich arbeitete. Zu spät begriff ich, daß sie mich mit ihren Larifari - Aufträgen in ihr Spinnennetz gelockt hatten.

Als dann die richtigen Aufträge kamen, war ich so eng mit der Stasi liiert, daß ich, wenn ich mich meinen Vorgesetzten offenbarte, alles verloren hätte. Als ich begriff, daß meine Existenz von der Stasi abhängig war, habe ich das Spiel voll mitgespielt, ich brauchte Geld, mein Neubau, ich wurde sehr gut bezahlt."

„Am Anfang stand also eine Frauengeschichte", sagte Dreck. „Wegen so etwas schlittern Sie in die Fänge der Stasi, das ist kaum glaublich. Es hätte Sie einen Krach mit Ihrer Frau gekostet und die Sache wäre vom Tisch gewesen."

Liter schüttelte den Kopf.

„So einfach war die Sache nicht", sagte Liter. „Ich war damals Kompaniechef. Einer meiner Zugführer hatte einen schweren Unfall, es ging wochenlang auf Leben und Tod. Als Vorgesetzter habe ich mich um die Familie gekümmert, Fahrten ins Krankenhaus organisiert. Die Frau hatte keinen Führerschein, oft habe ich sie selber gefahren. Sie brauchte jemanden zum Ausweinen, ich war da. Den Rest können sie sich denken."

„Sie hatten also ein Verhältnis mit der Frau eines schwerverletzten Untergebenen?" fragte Rübsam nüchtern.

Liter nickte.

„Ich bin Soldat mit Leib und Seele, wenn das herausgekommen wäre, hätte ich den Dienst quittieren müssen, meine Frau wäre das kleinste Problem gewesen."

„Und davon hat die Stasi erfahren", sagte Dreck.

Liter nickte.

„Es muß Jan Bunk gewesen sein, der da was mitgekriegt hat. Er trat erst gar nicht in Erscheinung, aber nach ca. einem Jahr - ich wollte wissen, wer den Briefkasten räumt - habe ich ihm aufgelauert und ihn zur Rede gestellt. Wir haben uns lange unterhalten. Hätten wir uns unter anderen Umständen kennengelernt, hätten wir Freunde sein können. Er war von der DDR überzeugt. Er hat mir dann ganz nüchtern meine Situation erklärt. Ich hatte für viel Geld Informationen verkauft, die hatten mich in der Hand. Bunk konnte jederzeit verschwinden, ich nicht. Allerdings hat er mir gesagt, daß er meinen Klarnamen nicht preisgegeben habe und daß er das auch nicht tun würde, er hat es mir versprochen. Außerdem hatte ich mich beim Bauen übernommen, ich brauchte Geld."

„Sie haben uns gerade ein paar Motive für den Mord an Jan Bunk genannt", sagte Dreck.

„Ich habe Ihnen nur die Wahrheit gesagt", rief Liter, „ich habe Bunk nicht erschlagen, ich hätte ihn gar nicht erschlagen können. Bunk war ein großer, kräftiger Kerl und ich war zu dieser Zeit verletzt, hatte den Arm in Gips. Wie hätte ich Bunk erschlagen sollen?"

„Doch", sagte Dreck. „Sie haben Jan Bunk erschlagen, mit dem Gipsarm, den Sie damals hatten. Der Gips ging dabei zu Bruch, so daß ein Sanitäter eine neue Gipsbinde um den alten Gips legen mußte. Wir ermitteln gerade den Sanitäter."

Liter schaute den Hauptkommissar mit großen Augen an, dann stammelte er: „Woher wissen Sie das mit dem Gipsarm, das können Sie gar nicht wissen."

„Doch, das können wir. Es wurden Spuren von Gips am zertrümmerten Schädel des Toten gefunden, Spuren von Ihrem Gipsarm. Als Dr. Schmitt Ihnen den Gips später abnahm, mußte er Hammer und Meißel nehmen, sie erinnern sich, er sah dabei unter dem neuen Verband Blutspuren."

Liter war in sich zusammengesunken. Sein Gesicht war aschfahl.

Er stammelte: „Das konnte nicht gut gehen, ich habe es immer gewußt."

Der Major legte ein Geständnis ab.

Demnach hatte Jan Bunk im November 1990 Liter angerufen. Bunk war wohl von ehemaligen Genossen gewarnt worden. Seine Verhaftung stand unmittelbar bevor. Bunk brauchte Geld, er mußte verschwinden, untertauchen. Er hatte Liter angerufen und ihm am Telefon seine Situation geschildert. Liter merkte, daß Bunk mit dem Rücken zur Wand stand. Eigene Mittel hatte er nicht mehr. Er forderte zehntausend Mark von Liter, sonst könne er für nichts garantieren. Liter hatte die Drohung verstanden. Er war zur Bank gegangen und hatte alles abgehoben, was auf dem Konto war. Ganze dreitausendfünfhundert Mark hatte er in der Tasche, als er zur Grillhütte, dem vereinbarten Treffpunkt, ging.

Bunk war schon da.

Als er hörte, daß Liter nur dreitausendfünfhundert Mark dabei hatte, bekam Bunk einen Wutanfall. Er beschimpfte ihn und drohte, für den Fall seiner Verhaftung die Identität von IM Milch bekannt zu geben; das Schicksal von Liter sei untrennbar mit seinem verbunden.

Dies wurde Liter schlagartig bewußt.

Als Bunk, der ständig vor ihm auf und ab lief, ihm das nächste Mal den Rücken zuwandte, schlug er ohne zu zögern zu.

Der Schlag war so wuchtig, das der Gips brach.

Er hatte dann die Leiche, genau wie Dreck vermutet hatte, in der noch lockeren Erde des Versorgungsgrabens mit den Händen verscharrt.

Liter war danach in einer schlimmen Verfassung gewesen. Er hatte sich an einem kleinen Wasserlauf notdürftig gereinigt und war dann in die Kaserne gefahren. Dort hatte er sich geduscht und seinen Sportanzug angezogen. Mit einem Taschenmesser hatte er sich eine kleine Verletzung beigebracht, mit der er die Blutspuren an seinem Gips rechtfertigen wollte.

Er ging in den Sanitätsbereich der Kaserne, wo ein Gefreiter Dienst hatte. Der hatte ihm dann einen neuen Gips angelegt. Später mußte ihm dann Dr. Schmitt den Verband mit Hammer und Meißel entfernen.

Die kommenden Jahre waren nachts von Alpträumen geprägt, doch auch diese ließen mit der Zeit nach. In den letzten Jahren hatte er den Mord fast vergessen, bis an einem Sonntagmorgen, noch bevor der Habicht schrie, der rote Hahn auf der Grillhütte flatterte. Da ahnte er, daß seine Zeit vorbei war.

Epilog:

Im Hotel Westerwald saß eine bunte Gesellschaft und tafelte. Es gab gefüllten Kalbskopf. Hauptkommissar Dreck hatte Rübsam, Holzer und Fleuth zum Essen eingeladen. Er hatte sich von den dreien breitschlagen lassen, im Hotel zu essen.

Der Hauptkommissar wollte sich auf diese Weise bei Fleuth und Holzer für ihre Mitarbeit bedanken. Am Morgen hatte der Hauptkommissar die Überführung Liters von Westerburg nach Koblenz veranlaßt. Kurz darauf waren die beiden Schlapphüte vom MAD aufgetaucht und hatten dem Hauptkommissar auf ziemlich arrogante Art klar gemacht, daß er ab sofort keine Aktien mehr im Fall Bunk habe, außerdem habe er ihnen sämtliche Ermittlungsergebnisse mitzuteilen.

Dreck hatte ihnen dann süffisant mitgeteilt, daß es für ihn keinen Fall Bunk mehr gäbe, daß der Fall für die Polizei abgeschlossen sei. Sie könnten auf dem Wege der Amtshilfe seinen Abschlußbericht anfordern, der würde auch sämtliche Fragen hinsichtlich einer Stasitätigkeit von Jan Bunk beantworten.

Es war schon weit nach Mitternacht, als die kleine Gesellschaft aufbrach. Rübsam und Dreck mußten noch eine Nacht im Hotel verbringen. Holzer und Fleuth gingen mit unsicherem Schritt die Hauptstraße hoch, zufrieden mit dem Ausgang ihres Abenteuers. Besonders Fleuth war an diesem Abend aus seiner sonst so zurückhaltenden Rolle geschlüpft und hatte einen Spaß nach dem anderen zum Besten gegeben. Er wirkte entschieden weniger grau als sonst.

Vom selben Autor, ab Juli 2001 im Handel:

„Hui Wäller, Kriminal"
Westerwaldkrimi 2

„Der Grüne Hansel"

Bauernkrieg in einer kleinen Stadt im hohen Westerwald. Jansen, ein zugezogener Bio - Bauer und Pferdewirt, bewirtschaftet, jenseits von Subventionen, erfolgreich seinen Bio – Hof. Unter den alt eingesessenen Bauern gibt es Neider, die ihm den Erfolg nicht gönnen. Brennende Scheunen und Sabotage an landwirtschaftlichem Gerät sind die eine Sache. Aufgeschlitzte und vergiftete Pferde sind eine andere Sache. Als dann eine junge Reiterin tot aufgefunden wird, ermittelt die Kriminalpolizei. Inspektor Rübsam durchschaut erst langsam die Hintergründe dieses seltsamen Falls, der ohne die Mithilfe des kauzigen Einheimischen Holzer wohl kaum gelöst worden wäre.
Eine spannende Geschichte aus dem „hohen Westerwald", in der auch die skrupellosen Machenschaften eines Jagdpächters angeprangert werden. Mit Sachkenntnis, Präzision und viel Lokalkolorit beleuchtet der Autor die anachronistischen Merkwürdigkeiten des deutschen Jagdrechts und die „seltsamen Bräuche und Gepflogenheiten" von Jäger und Bauern.